dtv

Im Zentrum dieser raffiniert ineinander verwobenen Geschichten steht Max Mohn, der widerwillig Karriere beim Fernsehen macht. Da ist aber auch seine Ehefrau Ingrid, in die er schon als Dreizehnjähriger verliebt war und die er dennoch verlieren wird; der dauerschlafende Großvater, der sich aus Trotz und Geiz zu sterben weigert; Johnny Türler, der gescheiterte Abenteurer, der in der väterlichen Konditorei Pralinen verkauft; Kellner René, der im leeren Bahnhofsrestaurant ausharrt und in einem karierten Schulheft ein Archiv menschlichen Leidens führt. Die Bühne ist eine ganz gewöhnliche Kleinstadt, in der jeder Akteur den anderen kennt, in der man sich liebt und haßt und lebenslang nicht voneinander loskommt. Da gibt es zornige Mädchen, fitneßwütige Seniorinnen, Sektierer und Anpasser, Selbstmörder, Schurken und Schwätzer, Schelme, Säufer und landlose Bauern. Alex Capus erzählt von den harmlosen und den schlimmen Querschüssen des Lebens, von den Launen und den Hakenschlägen des Glücks – mit gerechtem Zorn und ebensoviel Witz.

Alex Capus, geboren 1961 in Frankreich, studierte Geschichte und Philosophie in Basel. Zwischen 1986 und 1995 arbeitete er als Journalist, davon vier Jahre als Inlandredakteur bei der Schweizerischen Depeschenagentur SDA in Bern. Alex Capus lebt heute als freier Schriftsteller in Olten, Schweiz. Bisher veröffentlichte er außerdem: ›Diese verfluchte Schwerkraft‹ (1994), ›Munzinger Pascha‹ (1997), ›Eigermönchundjungfrau‹ (1998) und ›Fast ein bißchen Frühling‹ (2002).

Alex Capus

Mein Studium ferner Welten

Ein Roman in 14 Geschichten

Deutscher Taschenbuch Verlag

Ungekürzte Ausgabe
April 2003
Deutscher Taschenbuch Verlag GmbH & Co. KG, München
www.dtv.de
© 2001 Residenz Verlag, Salzburg-Wien-Frankfurt
Umschlagkonzept: Balk & Brumshagen
Umschlaggestaltung: Stephanie Weischer unter Verwendung einer Fotografie von © Getty Images/Karen Beard
Gesetzt aus der Sabon, 10,5/13,25· (3B2)
Gesamtherstellung: Druckerei C. H. Beck, Nördlingen
Gedruckt auf säurefreiem, chlorfrei gebleichtem Papier
Printed in Germany · ISBN 3-423-13065-2

*Für Sascha
und seine Großväter,
im Andenken an seine Urgroßväter*

Falls ich einmal den Wunsch haben sollte, mir einen Ring zu bestellen, so würde ich die Inschrift wählen: »Nichts ist vergänglich.« Ich glaube daran, daß nichts vergeht und daß der kleinste unserer Schritte von Bedeutung für unser gegenwärtiges und künftiges Leben ist.
Anton Tschechow

Jeder kann ja auch nicht der erste sein, das soll bei einem richtigen Rennen gar nicht vorkommen – das hätte auch gar keinen Sinn.
Karl Valentin

1.

Ein Finne auf Hawai

Johnny Türler lag im Bug des Rettungsboots, das mit einer rostigen Kette am Steg festgebunden war.

Die Schwimmbecken im Strandbad waren leer, irgendwo tröpfelte eine Dusche, und überall lag dürres Laub. Johnny hatte die Hände hinter dem Kopf verschränkt. In der Beuge seines linken Arms lag der Kopf eines Mädchens. Das Mädchen war sehr jung, siebzehn oder achtzehn Jahre alt. Es hieß Nadja, vermutlich nach jener rumänischen Kunstturnerin, in die Johnny als Siebzehnjähriger verliebt gewesen war. Johnny kam sich ein bißchen alt und albern vor. Das Boot duftete nach Benzin und pendelte in der Strömung des Flusses. Im Wasser spiegelten sich rot, gelb und blau die letzten Lichter der Herbstmesse. Hoch über den schwarzen Dächern der Altstadt kletterten die Schausteller auf dem Riesenrad umher und lösten armdicke Bolzen aus den Halterungen; das Klang-Klang ihrer Hämmer drang bis herunter zum Strandbad.

»Da kann man sich schon seltsam fühlen, wenn man so zu den Sternen hochschaut, nicht?«

»Ja«, sagte Johnny und wandte den Blick zum Himmel. »Die sind so klein, und wir sind so groß.«

Nadja lachte und schüttelte den Kopf, daß ihre blonden Locken seinen Arm kitzelten, und stieß ihn mit spitzem Ellbogen in die Seite. Er sagte pflichtschuldig »Au«, und schaute mit hochgezogenen Augenbrauen zur Altstadt hinüber, wie wenn er sich bei den schlafenden Bürgern entschuldigen wollte. Er benahm sich ja wirklich zu albern: morgens um halb vier über Zäune klettern und in fremde Boote steigen wie ein hormongesteuerter Jüngling, die Sterne anschauen und dummes Zeug schwatzen mit einem Mädchen, das halb so alt war wie er selbst... Schließlich war er kein kleiner Junge mehr, sondern viele Jahre als Matrose zur See gefahren; bald würde er in Gottes Namen die väterliche Konditorei übernehmen, um im Dienst des hiesigen Spießertums Champagner-Truffes zu produzieren bis ans Ende seiner Tage. Aber dann rückte Nadja näher zu ihm hin, vielleicht weil sie fröstelte. Sie kuschelte sich in seine Achselhöhle, sie fühlte sich knochig und klein an, und sie war unbefangen wie ein müdes Kind. Johnny gestand sich ein, daß er sich sehr wohl fühlte an ihrer Seite.

»Und diese Tätowierung, woher ist die?« Nadja deutete auf seinen Hals.

»Der Puma?«

»Der Pinguin.«

»Der ist aus Nantucket. Den habe ich machen lassen, nachdem unser Schiff zwei Monate im Packeis eingeschlossen war. Ich stand die ganze Zeit auf Deck und schaute hinunter aufs Eis, das Tag und Nacht krachte und ächzte. Wenn die Schollen an der Schiffswand rieben, entstand ein kreischendes Geräusch wie von Kreide auf einer Schiefertafel.«

»Und der Puma?« »Der ist aus Zürich. Da war ich nur jung und besoffen.«

»Was ist mit der Schildkröte?«
»Welche – die?«
»Nein, die.«
»Die ist aus Honolulu. Siehst du, wie traurig sie dreinschaut? Genau wie der finnische Schiffskoch, den wir damals hatten. Er hat den Anblick Hawaiis nicht ertragen. Hat sich in der Kombüse erschossen, als wir anderen auf Landurlaub waren.«

*

Nadja hatte Johnny Türler am frühen Abend entdeckt, mitten im Getümmel der Herbstmesse. Sie war in Begleitung von fünf Freundinnen gewesen, die sie zu Tode langweilten: Die eine sprach seit Menschengedenken von nichts anderem als von ihrem Chef; die zweite redete ausschließlich über Handball, die dritte über ihr Karnevalskostüm, die vierte von einem gewissen Mario, und die fünfte redete gar nicht. Und dann war zwischen Schießbuden und Zuckerwatteständen auch noch der Strom der Menschen ins Stocken geraten, und fremde Männer hatten ihr in den Nacken geatmet. Am liebsten hätte sie den nächsten Kanalisationsdeckel hochgehoben und wäre durchs Abwasser aus der Stadt geflohen. Aber dann hatte sie über das Meer von Köpfen hinweg diesen baumlangen Kerl entdeckt, der zwischen Glücksrad und Himalajabahn eine Bratwurst aß und aus der Menge herausragte wie ein Leuchtturm.

»Schau mal, da«, hatte sie zu dem Mädchen gesagt, das immerzu über Mario redete. »Kennst du den?«

»Den Alten? Den Tätowierten? Klar.« Und drei Minuten später war Nadja über alles unterrichtet gewesen, was man sich im Städtchen über Johnny Türler erzählte.

Als Johnny seinen Pappteller in den nächsten Mülleimer geworfen hatte, war Nadja mit ihren fünf Freundinnen unauffällig in seine Richtung gezogen. Johnny war vom Riesenrad hinüber zum Bierzelt geschlendert, vom Flohmarkt des gemeinnützigen Frauenvereins zum Trailer mit den Süßigkeiten und wieder zurück zum Bierzelt – und die ganze Zeit war ihm ein Schwarm von sechs Mädchen auf den Fersen gewesen. Er hatte das natürlich nicht bemerkt, und auch von Nadjas Freundinnen hatte jede einzelne geglaubt, sie sei die Anführerin des Schwarms. Aber eine Stunde nach dem Feuerwerk hatte Nadja ihr Ziel erreicht: Als Johnny aufs Riesenrad stieg, drängten sich sechs junge Mädchen zu ihm in die Gondel. Johnny lud sie zu einer zweiten Fahrt ein, und so ergab es sich ganz natürlich, daß sie alle zusammen zur Tanzbühne gingen. Nadja tanzte gleich den ersten Tanz mit Johnny, und da er ein ausgezeichneter Tänzer war, gab sie ihn den ganzen Abend nicht mehr her, bis die Musiker ihre Instrumente einpackten. Nadjas Freundinnen brachen irgendwann auf, und sie winkte ihnen zum Abschied zu.

»Ich will noch nicht nach Hause!« sagte Nadja, als sie an Johnnys Arm von der Tanzbühne herunterstieg. »Laß uns spazierengehen – oder nein! Zeig mir deinen Lieblingsplatz!«

»Was?«

»Na, deinen Lieblingsplatz! So was hast du doch, nicht?«

Johnny dachte nach. Dann zuckte er mit den Schultern und führte Nadja hinunter zum Strandbad.

*

Seit bald zwei Stunden lagen sie jetzt im Rettungsboot. Nebel stieg aus dem Fluß, und es war kühl. Zeit, Abschied zu nehmen und heimzugehen. Johnny fröstelte. Die Bohlen des Boots waren plötzlich hart und unbequem. Stechmücken sirrten ihm um die Ohren. Und dieses Mädchen an seiner Seite war ihm fremd – zu jung, zu blond, zu eckig, zu rund, mit einem scharfen Duftwasser parfümiert. Er fühlte sich verwirrt wie jemand, der in einem anderen Raum aufwacht, als er eingeschlafen ist.

»Du, Johnny?«

»Ja?«

»Sag mir noch einmal: Welches Tattoo hast du in Djakarta machen lassen – das hier?«

»Hm.«

Nadja setzte sich auf. Mit der linken Hand deutete sie auf Johnnys Hals, die rechte ließ sie über die Bootswand ins Wasser gleiten. »Und in London – das da?«

»Ja.«

»Und in La Paz – das?«

»Aber ja. Wir sollten jetzt gehen. Es wird bald hell.«

»Und in Venezuela?«

»Ich begleite dich heim, wenn du willst.«

Sie schüttelte ungeduldig den Kopf. »Venezuela, Johnny – welche Tätowierung?«

»Die da.« Er deutete mit der Rechten auf sein linkes Handgelenk. »Laß uns gehen, ja?«

»Zeig her.«

Johnny schnaubte, aber dann preßte er beide Handgelenke aufeinander und hielt sie Nadja hin. Zu sehen war eine Schlange, die sich mehrfach um seine Unterarme wand. Nadja legte die Fingerspitzen auf die Schlange. »Ist das – ein Symbol?«

»Nein, eine Schlange. Ich gehe jetzt.« Johnny stand auf. »Gehst du auch, oder bleibst du noch?«

Das Mädchen hielt ihn am Handgelenk fest. »Laß uns hierbleiben, Johnny. Diese Schlange – was bedeutet die?«

»Daß ich Schlangen mag. Zumindest, daß mir das Schlangentattoo gefällt; daß es mir früher einmal gefallen hat.« Er versuchte, ihr seinen Arm zu entziehen, aber sie hielt ihn fest.

»Johnny?«

»Ja?«

»Geh noch nicht.«

»Doch.«

»Nein.«

»Wieso nicht?«

»Ich will nicht nach Hause, und ich mag nicht allein sein.«

»Aber ich. Ich bin ein Vampir. Vor dem ersten Sonnenstrahl muß ich wieder im Sarg liegen. Und schrei nicht so in der Nacht herum. Du weckst die Leute auf.«

»Ich kann noch viel lauter.« Nadja neigte den Kopf zur

Seite. »Wenn du jetzt gehst, schreie ich die ganze Nachbarschaft aus dem Schlaf.«

Johnny tätschelte ihre Schulter und stand auf. »Dann schrei mal.«

»Ich tu's wirklich, Johnny. Ich schreie, und dann kommt die Polizei, und du wirst verhaftet.« Es entfuhr ihr ein erschrockenes kleines Lachen. Sie preßte ihre Hand auf den Mund und sah mit großen Augen zu ihm hoch. Aber dann sah sie, daß auch er erschrocken war. Das machte ihr Mut.

»Ich tu's wirklich«, sagte sie, und ihre Stimme war plötzlich schneidend wie Möwengeschrei. »Ich tu's, wenn du dich nicht sofort dort hinten hinsetzt.«

»Bitte. Nur zu. Schrei nur.« Er schüttelte ihre Hand ab.

»Du hast keine Chance, Johnny.« Sie lachte noch einmal. »Versuch, über den Zaun zu klettern, bevor die Polizei da ist. Dann zeig ich dich an. Heute abend haben uns tausend Leute miteinander tanzen gesehen.«

Er sah sie an. Sie atmete flach und schnell. Er versuchte an ihr vorbei zur Spitze des Boots zu gelangen, aber sie faßte ihn wieder am Handgelenk. Ihre Fingernägel bohrten sich in seine Haut.

»Ich mein's wirklich ernst, Johnny. Ich schreie, und ich zerreiße meine Kleider. Da kannst du Gift drauf nehmen.« Mit der freien Hand griff sie sich an den Hemdkragen und zerrte daran.

»Bitte, laß das.« Er machte einen Schritt zurück. Ihre Finger lösten sich von seinem Handgelenk, und dann ließ sie auch ihren Hemdkragen los. Er setzte sich auf die Sitzbank in der Mitte des Boots.

»Also, was nun?«

Das Mädchen ließ sich hintenüber in die Biegung des Bugs fallen und breitete die Arme aus. »Ach Johnny, mach doch nicht so ein Gesicht. Ich will nur nicht allein sein. Verstehst du das denn nicht?« Ihre Stimme war wieder sanft und schmeichelnd. »Jetzt machen wir es uns bequem. Du dort und ich hier. Einverstanden? Wo ist eigentlich der Mond? Ach, dort drüben. Hast du gesehen, wie weit er schon gewandert ist? Hast du das gesehen, Johnny?«

Er nickte. Plötzlich schnellte sie hoch, stützte sich auf die Ellbogen und sah ihn forschend an.

»Johnny?«

»Ja?«

»Hast du eigentlich auch Tattoos auf der Brust?«

»Ja.«

»Und am Rücken?«

»Klar.«

»Überall?«

»Überall.«

»Zeigst du sie mir?«

»Vielleicht, irgendwann.«

»Würdest du bitte dein Hemd ausziehen?«

»Nein.«

»Würdest du bitte dein Hemd ausziehen?«

»Laß das doch ...«

»Ziehst du jetzt bitte dein gottverdammtes Hemd aus? Ich mein's wirklich ernst, weißt du.«

Er stand auf, breitete die Arme aus und ließ sie wieder sinken. Er warf einen Blick zur Altstadt hinüber, wie wenn er von dort Hilfe hätte erwarten können. Die Schausteller hatten das Riesenrad schon zur Hälfte abgebaut; es schwebte über der Stadt wie ein schwarzer, liegender Halbmond. Er wandte sich wieder dem Mädchen zu.

»Du kannst mich doch nicht zwingen, die ganze Nacht hierzubleiben. Schämst du dich denn nicht?«

»Was?« Sie sprang auf die Beine und trat dicht vor ihn hin. Sie reichte ihm kaum bis zur Schulter. Ihre Lippen zitterten. »Was hast du gesagt? Ich soll mich schämen? Vor einem starken Kerl wie dir?«

»Nein. Natürlich nicht. Ich meine nur...«

»Dann mach!«

Und so knöpfte er sein Hemd auf, schlüpfte aus dem linken Ärmel und dann aus dem rechten. Er setzte sich auf die Bank in der Mitte des Boots, streckte die Beine vor und schlug sie übereinander. Nadja rückte näher heran, kniff die Augen zusammen und spitzte den Mund, um seine reichverzierte Brust zu betrachten.

»Oh, Mann«, sagte sie. »Der Adler da, woher ist der?«

»Austin, Texas.«

»Das Känguruh?«

»Woher wohl.«

»Dieses Spiralmuster?«

»Maori, Neuseeland.«

»Und das Segelschiff? und der Löwe? die Rose? der Delphin?«

Dann verlangte das Mädchen von ihm, daß er seine Schuhe auszog und seine Strümpfe, dann die Hose und zuletzt auch die Unterhose.

*

Eine Stunde später graute im Osten der neue Tag. Die Schausteller hatten das Riesenrad gänzlich abgebaut und auf drei große Lastwagen verpackt; bald würden die Straßenfeger ihre Arbeit verrichten, und dann würde im Städtchen nichts mehr an die Herbstmesse erinnern. Johnny Türler kauerte nackt und zitternd im Heck des Rettungsboots. Nadja lag im Bug und schlief, mit Armen und Beinen versperrte sie den Weg ans Land. Johnny atmete leise durch den Mund; als er aufstand, hielt er sich vorsichtig in der Mitte, um das Boot nicht zum Schaukeln zu bringen. Er sammelte seine Schuhe und Kleider ein und rollte sie zu einem Bündel. Er ging zurück zum Heck und ließ sich neben dem Außenbordmotor ins Wasser gleiten. Das Wasser war kalt und schwarz. Sein Kleiderbündel hielt er mit einer Hand in die Höhe, damit es nicht naß wurde. Die Strömung trug ihn rasch weg vom Boot. Er legte sich auf den Rücken, und sein Hinterkopf sank, bis die Ohren unter Wasser waren. Dann hörte Johnny, wie auf dem Grund des Flusses die Kiesel kullerten.

2.

Ein rückwärts abgespielter Lehrfilm für Golfspieler

Am anderen Ende der Stadt fuhr Stunden später ein ziemlich schickes Auto auf den Gehsteig. Ein weißes Mercedes-Cabriolet mit schwarzem Lederverdeck, roten Lederpolstern und blitzblanken Weißwandreifen.

»Max! Mahax!«

Am Steuer saß Max Mohns Tante Olga. Sie war der Hollywoodstar in der Familie: vierfach geschieden und kinderlos, immer fröhlich und elegant, und sehr sportlich. Erst kürzlich hatte sie Max, den immerhin fünfundzwanzig Jahre jüngeren Neffen, zu einem Tennismatch genötigt und ihn mit Leichtigkeit in zwei Sätzen geschlagen. An diesem Tag trug sie einen weißrosa Trainingsanzug und weiße Tennisschuhe. Die blauschwarz gefärbten Haare hatte sie mit einem rotweiß gepunkteten Haarband zu einem Pferdeschwanz zusammengebunden. Sie nahm ihre spiegelnde Sonnenbrille ab und schaute aus wasserblauen Augen zu Max hoch. Wären die Altersflecken auf ihren Händen nicht gewesen und die Falten da und dort, man hätte sie glatt für ein junges Mädchen gehalten.

»Steig ein, Max! Wir besuchen deinen Großvater im Spital. Heute früh ist er aus dem Koma erwacht.«

»Wirklich?« Max runzelte zweifelnd die Stirn. Alle

paar Tage geriet die ganze Familie in Aufregung über die Meldung, daß Großvater aus dem Koma erwacht sei, und jedesmal war der Urheber des Gerüchts irgendein Verwandter, der auf Großvaters Gesicht ein Anzeichen des Erwachens ausgemacht hatte – mal war's ein Lächeln oder ein Liderzucken, mal auch nur ein auffälliges Beben der Nasenflügel.

»Wir müssen das auf morgen verschieben, Tante Olga. Ich fahre heute zu einem Vorstellungsgespräch ins Fernsehstudio, und zuvor muß ich noch ...«

»Du brichst deiner Mutter das Herz, Max!«

»Wieso meiner Mutter?«

»Weil sie die Tochter deines Großvaters ist, du Pflock, genauso wie ich!«

»Morgen komme ich mit. Aber heute kann ich ...«

Tante Olga schnitt Max mit einer waagrechten Handbewegung das Wort ab und öffnete die Beifahrertür. Da ließ er allen Widerstand fahren, lief um die Kühlerhaube herum und ließ sich ins Lederpolster fallen. Im Wageninnern war alles rot: Das Lenkrad, das Armaturenbrett, die Türverkleidung, der Teppich, die Ledersitze – sogar der Rückspiegel und die Halterungen der Rollgurten waren mit rotem Leder überzogen. Das Cabrio glitt hinaus in den Morgenverkehr.

»Schickes Auto, Tante Olga!«

»Ich hab's mir zum Geburtstag geschenkt. Weißt du, wer genau denselben Wagen fährt?«

»Nein.«

»Ein weißes Mercedes-Cabrio 220 SL?«

»Keine Ahnung.«

»Jahrgang 1962, zweikommazwei Liter, 120 PS bei 4800 Umdrehungen pro Minute?«

»Sag's mir.«

»Hillary Clinton.«

Darauf sagte Max nichts mehr, sondern sah hinaus in den Stoßverkehr. Er brauchte seine Tante nicht anzusehen, um zu wissen, daß auf ihrem geschminkten Mund ein triumphierendes Lächeln lag. Er fragte sich, warum er schon immer, als kleiner Junge schon, das Gefühl gehabt hatte, er sei im Grunde genommen älter als seine Tanten und Onkel, älter als seine Eltern, älter eigentlich als die gesamte Nachkriegsgeneration in der Familie. Tante Olga tätschelte zufrieden das Lenkrad.

»Ein Mercedes-Cabrio 220 SL Jahrgang 1962. Wie Hillary Clinton. Das ist die ...«

»Ich weiß.«

»Deswegen brauchst du nicht laut zu werden!« Ein leichtes Beben in der Stimme kündigte einen von Tante Olgas gefürchteten Wutausbrüchen an, die immer schnell und unerwartet aufzogen und gewalttätig sein konnten wie Sommergewitter im Gebirge. »Ich kann es nicht ausstehen, wenn du laut wirst! Ich wollte dir nur ein paar Informationen über meinen neuen Wagen geben. Warum willst du das nicht annehmen? Weil ich eine Frau bin?« Tante Olga war Mitte der siebziger Jahre mit feministischem Gedankengut in Berührung gekommen. »Muß man ein Mann sein, um über Autos Bescheid zu wissen?«

»Aber nein.« Max Mohn ließ das Fallgitter hinunter und zog die Zugbrücke hoch.

»Du bist ein Macho, Max. Du solltest dein Verhältnis zum weiblichen Geschlecht überdenken.«

»Das tue ich seit meinem zwölften Lebensjahr.«

»Da – siehst du? Hast du schon jemals in deinem Leben eine Frau ernst genommen?«

»Aber ja. Bitte, laß uns friedlich sein.«

»Wer streitet denn?« Tante Olga streckte ihr gepudertes Kinn der Windschutzscheibe entgegen und ließ den Blick in alle Richtungen fliegen, und dabei hantierte sie unablässig mit allen Hebeln und Knöpfen und Schaltern, die das Auto zu bieten hatte. Max sah ihr zu. Meine Tante ist ein altes Mädchen, dachte er; meine Tante ist ein dreiundsechzigjähriger Backfisch.

Allein ihr Fahrstil: Jedes Hupen nahm sie als persönliche Beleidigung; wenn der Verkehrspolizist auf der Kreuzung sie anhielt, so wunderte sie sich über die ungerechte Behandlung und schenkte ihm ihr huldvollstes Lächeln, damit er ein Einsehen habe und sie doch noch durchwinke. Und wenn das nach sieben Minuten Wartezeit tatsächlich geschah, so freute sie sich über ihren Erfolg. Hingegen verdüsterte sich ihre Miene, wenn irgendein versteckter Bösewicht aus purer Lust an der Sabotage die Ampel auf Rot stellte. Und nichts brachte sie so sehr in Rage wie jene Heerscharen anonymer Autofahrer, die sich verschworen hatten zu dem einzigen Ziel, lebenslänglich und arglistig im Schrittempo vor ihr herzuschleichen. Wie wußten diese Kerle bloß immer, wohin sie als nächstes fuhr?

»Deine Mutter hat mir übrigens zum Geburtstag ein Buch über Wiedergeburt geschenkt«, sagte Tante Olga und lachte ihr perlendes Lachen; das Gewitter hatte sich noch vor dem ersten Donnerschlag verzogen. »Nicht gerade geschmackvoll, finde ich, einer Frau mittleren Alters ein Buch übers Sterben zu schenken. Sag selbst, was soll ich damit? Glaubst du etwa an Reinkarnation?«

»Ich?«

»Also ich nicht. Ich will nicht dran glauben!«

»Wieso nicht?«

»Zu riskant. Ich kann ja nicht darauf zählen, daß ich gleich hier in diesem prächtigen Cabrio wiedergeboren werde, nicht wahr? Das wäre denn doch ein unwahrscheinlicher Glücksfall, oder?« Tante Olga löste ihr Haarband und schüttelte erschreckt die blauschwarzen Locken. »Was ist, wenn ich zum Beispiel in eins dieser Elendsviertel in Kalkutta oder Addis Abeba gerate? In eine dieser Wellblechhütten, und ich bin die zwölfte Tochter eines Rikscha-Kulis, der mich mit einer rostigen Rasierklinge verstümmelt? Das ist doch denkbar, hab ich recht?« Tante Olga warf Max einen um Zustimmung bittenden Blick zu. »Versteh mich nicht falsch, nichts gegen Inder und nichts gegen Äthiopier! Ich wäre auch gerne so schlank und feingliedrig wie die, ich hätte auch gern diese großen, ausdrucksstarken Augen – aber bitteschön ohne die aufgedunsenen Bäuche und die Fliegen und die Krankheiten und all das! Und deshalb sage ich: Wenn ich's mir aussuchen darf, bitte keine Reinkarnation! Oder was meinst du?«

Während Max um Fassung und eine passende Antwort rang, dröhnte auf der Gegenfahrbahn ein Pulk Motorradfahrer vorbei. Sie sahen aus, wie Motorradfahrer um die

Jahrtausendwende nun mal aussahen: alle etwa fünfzigjährig, schmerbäuchig und lederbehost. Auf ihren Fransenjacken prangten industriell gefertigte »Born-to-be-wild«-Stickereien, und die Motorräder glitzerten von Chrom und Gold und waren mit bunten Lämpchen behängt wie die Karussellmotorräder an der Herbstmesse. Als die letzte Maschine vorübergezogen war, mochte Tante Olga nicht mehr auf Antwort warten.

»Du solltest dir ein Motorrad kaufen, Max. Ein großes. Alle Männer in deinem Alter haben ein Motorrad!«

»Ich bin nicht in meinem Alter, Tante Olga. Dieser Prokuristen-Rock'n'Roll ist nichts für mich.«

Am Eingang zur Fußgängerzone fuhr Tante Olga auf den Gehsteig und rollte an den Geschäften entlang, unbekümmert um die vorwurfsvollen Blicke der Hausfrauen mit ihren schweren Einkaufstaschen. Vor der Konditorei Türler stellte sie den Motor ab und streckte Max eine Banknote hin.

»Gehst du schnell rein zu Türlers? Wir wollen Opa Champagner-Truffes mitbringen.«

Max knurrte. Champagner-Truffes von Türler – das war ein hundertjähriges Ritual im Städtchen. Wann immer irgendwo ein paar Bürgersleute zusammensaßen, wurden mit Sicherheit Champagner-Truffes von Türler gereicht. Dann mußte man unbedingt davon kosten, ob man Schokolade nun mochte oder nicht. Und wehe, man hielt nicht anerkennend den Kopf schräg! Und wehe, man vergaß, ein paar Lobesworte zu sprechen, und wehe, man erkundigte sich nicht bei der Hausherrin, ob die Truffes von Türler seien! Dabei waren sie immer von

Türler; denn außer ihm gab es im Umkreis von sechzig Kilometern niemanden, der Champagner-Truffes herstellte. Dieses Fehlen jeglicher Konkurrenz hatte die Kleinstädter im Verlauf der Jahrzehnte zur wohltuenden Überzeugung gebracht, daß die Truffes ihres Herrn Türler die besten auf Gottes weitem Erdenrund seien.

»Na, was ist? Nimm das Geld und geh!«

»Ich habe Geld, Tante. Ich bin achtunddreißig Jahre alt und habe einen ganz anständig bezahlten Job. Aber glaubst du bestimmt, daß Großvater Champagner-Truffes mag?«

Mit einer ungeduldigen Handbewegung steckte sie das Geld wieder ein. »Was ist bloß heute mit dir los? Natürlich freut er sich. Mit Champagner-Truffes von Türlers liegt man nie falsch. Bei niemandem. Jetzt tu mir den Gefallen und geh.«

Also ging Max hinein ins himmelblau-rosarote Schokoladenreich der Konditorei Türler, um dreihundert Gramm Champagner-Truffes zu kaufen. Hinter dem Tresen stand ein hünenhafter Kerl mit Armen wie Baumstämmen und Händen wie Baggerschaufeln. Er trug eine rosa Schürze und eine rosa Papiermütze.

»Grüß dich, Max«, sagte der Hüne.

»Grüß dich, Johnny«, sagte Max.

»Wie geht's?«

»Ganz gut. Und dir?«

»Auch gut, danke.«

Johnny Türler und Max waren zusammen aufs Gymnasium gegangen. Johnny hatte als erster langes Haar gehabt, sein Mofa war das schnellste und lauteste gewesen, und Johnny Türler hatte allen das Marihuanarauchen beigebracht. Geduldig hatte er der ganzen Klasse erklärt, weshalb Atomkraftwerke und Abba schlecht seien, Fidel Castro und die Hopi-Indianer aber gut; er hatte als erster Castaneda gelesen und war als erster ganz allein nach Griechenland in die Ferien gefahren – und dann war er eines Morgens im Frühherbst kurz vor der Matura einfach nicht mehr zum Unterricht erschienen. Zwei Wochen später war der Rektor vor die Klasse getreten und hatte betreten hüstelnd mitgeteilt, daß Johnny nicht mehr zur Schule kommen werde, da er, hmhm, nun ja, kurz und gut, weil er zur See gefahren sei. Am Tag der Maturafeier hatte Max von Johnny eine Postkarte aus einer indischen Hafenstadt namens Masulipatam erhalten, auf der in ziemlich bekiffter Schrift »Yabadabaduuh Yep!« stand, und während Max, nahtlos ans Gymnasium anschließend, seine vierjährige Bürgerpflicht an der Universität absaß, verlegte Johnny Erdölpipelines im Iran, hütete Schafe am San Bernardinopaß und war Kabelträger bei einer amerikanischen Rockband. Seine Odyssee fand in Venezuela ihr Ende, als er euphorisch betrunken in den Oberlauf des Orinoko fiel und einen tüchtigen Schluck Schlammwasser zu sich nahm, der ziemlich viele Kleinstlebewesen enthielt. Auf diesen ungewohnten Besuch reagierte Johnnys Magen derart panisch, daß er sich selbst zu verdauen begann. Laut Legende schleppten ihn zwei Indios zur nächsten Missionsstation, die von einer lederhäutigen Schweizerin namens Erna Ackermann geleitet wurde. In ihrer Obhut wäre Johnny mit Sicherheit fern der Heimat elendiglich krepiert, hätte er nach langem Zögern nicht doch noch eingewilligt, sich von der Rettungsflugwacht in den fürsorglichen Schoß der Familie heimschaffen zu lassen. Als er nach mehreren Monaten strengster Diät von Haferschleim und Fencheltee endlich wieder ins Freie durfte, lief er als erstes ins Strandbad, um wie früher am Rand des Beckens mit den Mädchen zu albern. Aber die Mädchen, die Johnny gekannt hatte, waren während seiner langjährigen Abwesenheit älter geworden; sie alberten nicht mehr, sondern lagen auf der Terrasse auf halbjährlich gemieteten Pritschen und lasen Frauenzeitschriften. Als Johnny sie dort oben entdeckte und mit lautem Hallo begrüßte, schienen sie seltsam kurzsichtig, und als sie ihn endlich doch erkannten, musterten sie ihn belustigt und vorsichtig wie eine verbotene Frucht. Johnny nahm das zur Kenntnis, zuckte mit den Schultern und ging wieder hinunter zum Beckenrand, denn dort hielt jetzt eine neue Generation von Mädchen Hof; aber die kannten ihn nicht. Sie fürchteten sich vor dem fremden Mann mit dem tätowierten Körper; denn Johnnys Haut war ein lebendes Bilderbuch. In Marseille, Schanghai und Panama hatte er sich Drachen und Schlangen unter die Haut sticheln lassen, ebenso Segelschiffe, Adler, Anker sowie aztekische Gottheiten, nicht zu vergessen natürlich mehrere Herzen und weibliche Vornamen. Tatsächlich hatte Johnny Tätowierungen an Stellen, an denen anständige Leute nicht einmal Stellen hatten. Das sah er ein, und weil dagegen schon aus dermatologischen Gründen nichts zu machen war und er niemanden unnötig erschrecken wollte, ging er von da an nur noch frühmorgens schwimmen, wenn die Mädchen noch schliefen und das Strandbad bevölkert war von fitneßwütigen Rentnern und todessehnsüchtigen Leistungssportlern.

Und jetzt standen Max und Johnny einander in der Konditorei Türler gegenüber, starrten keusch auf den himmelblauen Spannteppich hinunter und schämten sich voreinander. Johnny schämte sich, weil er meinte, daß Max sich für ihn schäme – für ihn, den gescheiterten Abenteurer mit der rosa Narrenmütze der Konditorei Türler auf dem Schädel. Max seinerseits schämte sich, weil er glaubte, daß Johnny ihn verachte – ihn, der in der Schule immer der brave Max gewesen war; ihn, der in seinem ganzen Leben kein größeres Leid erlitten hatte als den Bruch des linken Mittelfingers beim Basketballspiel; den braven Max, der mit anpasserischer Schlauheit Gymnasium und Studium hinter sich gebracht und damit das Privileg erschlichen hatte, keine rosa Papiermütze tragen zu müssen, sondern Reporter beim hiesigen Lokalblatt zu werden. Max schämte sich vor Johnny, und Johnny schämte sich vor Max.

»Ich hätte gern dreihundert Gramm Truffes«, sagte Max.

»Gemischt?«

»Gemischt.«

»Gerne«, sagte Johnny. Er füllte mit seinen tätowierten Matrosenfingern weiße, braune und schwarze Schokoladekugeln in ein hellblaues Papiersäcklein, band dieses mit einem goldenen Bändel zu, brachte einen vergoldeten Aufkleber mit dem Schriftzug der Konditorei Türler an und reichte das Säcklein über den Tresen.

»Danke«, sagte Max und bezahlte.

»Ich danke dir«, sagte Johnny und schloß mit einem Schubser die Schublade der Registrierkasse.

»Tschüß«, sagte Max.

»Tschüß«, sagte Johnny.

Auf dem Gehsteig näherte sich Max von hinten dem Mercedes-Cabrio. Dabei fiel sein Blick auf den rechten Mundwinkel seiner Tante. Da sie sich unbeobachtet glaubte, flatterte der Mundwinkel auf und ab wie der Höhenmesser eines trudelnden Flugzeugs. In der einen Sekunde zeigte er nach oben in mädchenhafter Fröhlichkeit, in der nächsten tief nach unten in schwärzester Bitternis. Max blieb stehen, um das Naturschauspiel zu betrachten. Was hat das alte Mädchen bloß? fragte er sich. Er musterte das Mundwinkelchen, und plötzlich meinte er, daran Tante Olgas ganzen Lebensweg ablesen zu können: Kindheit im Krieg, Kleider von der Winterhilfe und nichts zu fressen – der Mundwinkel zeigt nach unten; dann Geldheirat im Wirtschaftswunder – der Mundwinkel zeigt nach oben. Dann erster Tenniskurs und erste Scheidung, Chanel und Lachsbrötchen und zweite Scheidung, vierte Abtreibung und fünfter Badeurlaub auf den Seychellen, und so weiter. Max rieb sich mit dem Zeigefinger über den Nasenrücken, öffnete die Beifahrertür und stieg ein. Tante Olga startete den Motor.

»Max?«

»Ja?«

»Woher kommt deine plötzliche Abneigung gegen Türlers Champagner-Truffes?«

»Bitte, Tante Olga. Ich habe nichts gegen Türlers Champagner-Truffes.«

»Es ist nur, weil der Vorschlag von mir kam, nicht wahr? Du hast nichts gegen Champagner-Truffes, aber du wehrst dich gegen mich, ja? Aber weshalb? Weil ich deine Tante bin, die Schwester deiner Mutter? Um Gottes willen, Max! Wann wirst du endlich erwachsen?«

Da stieg Zorn in Max hoch, und um ein Haar hätte er mit der Faust gegen das Handschuhfach geschlagen und der Tante eine flammende Rede gehalten über seine Ansichten von Liebe, Großmut und Erwachsensein. Aber dann wären ihr bestimmt die Augen übergeflossen in aufrichtiger Empörung über die ungerechte Kränkung, ein Sommergewitter wäre losgebrochen und hätte sich rasch zum Tornado gesteigert, dieser wiederum wäre übergegangen in einen apokalyptischen Gefühlswirbel, den Max nur noch zum Stillstand hätte bringen können, indem er entweder mit einer Axt Tante Olgas Schädel gespaltet oder ihr in allen Punkten recht gegeben und sie demütig um Verzeihung gebeten hätte. Tante Olga hatte ihre Methode der Konfliktlösung an derart vielen Weihnachts- und Geburtstagsfeiern erfolgreich zur Anwendung gebracht, daß längst niemand in der Familie mehr das Wort gegen sie zu erheben wagte.

»Weißt du was, Tante Olga? Wenn du die Titanic gewesen wärst, so wäre mit Sicherheit der Eisberg gesunken.«

»Was soll das?«

»Nichts. Laß uns friedlich sein.«

»Wer streitet denn?«

»Wissen die Ärzte jetzt, was Großvater fehlt?«

»Ach, die! Machen vielsagende Sprüche. Soviel ich

verstanden habe, ist er vollkommen gesund. Mit seinen achtundneunzig Jahren hat er ein Herz wie ein Vierzigjähriger. Seine Lunge ist in einem beneidenswerten Zustand, trotz der Raucherei. Die Verdauung arbeitet normal, der Blutdruck ist optimal. Opa ist robust wie ein Militärschuh. Wenn ihn niemand totschlägt, wird er alle russischen Altersrekorde brechen. Er ist auch nicht wirklich im Koma, es ist nur... es ist, wie wenn er dauernd schliefe.«

»Nichts Neues also.«

»Nein. Er macht zwar hin und wieder die Augen auf, vor allem zu den Essenszeiten, dann futtert er wie ein Scheunendrescher, und gelegentlich spricht er sogar. Aber er scheint niemals richtig aufzuwachen.«

In der Eingangshalle saßen ernste und verzweifelte und gleichgültige Menschen auf schwarzen Kunstlederpolstern, flüsterten miteinander oder sahen mit glasigen Augen an den Gummibäumen vorbei ins Freie. Max folgte Tante Olga, der Unsinkbaren, die mit ihren Tennisschuhen quietschend und geschmeidig übers Linoleum wieselte. In den endlosen Gängen huschten geschäftig Krankenschwestern umher. Der Lift stand im Erdgeschoß bereit. Als Max die Tür aufzog, ging das Licht an, und im Hineingehen sah er, daß eine junge Frau mit Pagenschnitt und Perlenkette an der Rückwand lehnte und mit geschlossenen Augen weinte. Die Wimperntusche lief ihr in zwei dünnen, schwarzen Bächlein über die Wangen. Ihre Fußspitzen waren leicht einwärts gedreht, die linke Hand hatte sie zwischen zwei Knöpfen unter die Bluse geschoben, und wie um sich zu trösten, streichelte sie ihren rechten Brustansatz. »In welches Stockwerk möchten Sie fahren?« fragte Max. Die Frau antwortete nicht, öffnete auch nicht die Augen. Max warf seiner Tante einen Blick zu, sie zuckte mit den Schultern und drückte den Knopf mit der Neun. Im neunten Stock stiegen sie aus. Die Frau mit dem Pagenschnitt fuhr weiter mit unbekanntem Ziel. Max fragte sich, wie lange sie schon auf und ab pendeln mochte.

Die Tante lief zielstrebig durch den Flur, öffnete eine Tür und ließ Max eintreten. Da war ein Doppelzimmer mit einer breiten Fensterfront, durch die man sonnendurchflutete, herbstgelbe Birken sehen konnte. Zwei Greise lagen wie tot nebeneinander unter blendendweißen Laken und atmeten pfeifend durch geöffnete Münder. Sie glichen einander wie Zwillinge.

»Wir sind im falschen Zimmer«, sagte Max. »Großvater ist nicht hier.«

»Dort vorne liegt er. Beim Fenster.«

Max sah genau hin. Der Greis im zweiten Bett war frisch rasiert und hatte keinen Schnurrbart. Großvater Mohn hatte achtzig Jahre lang einen mächtigen, nikotingelben Schnurrbart getragen.

»Hat er... haben sie ihm den Schnurrbart abgeschnitten?«

»Der Arzt hat gesagt, es müsse sein. Beatmung oder Hygiene oder Ernährung, irgend so was.«

Max holte zwei Stühle, stellte sie links und rechts ans Kopfende des Betts, und dann setzten sie sich. Max betrachtete das Gesicht seines Großvaters. Auf den geschlossenen Augenlidern schlängelten sich blaue Äderchen wie Flußläufe auf einer Landkarte, die Backenknochen stachen spitz unter der papierenen Haut hervor, und die senkrechten Furchen in den Wangen waren schrecklich tief. Der nackte, ausrasierte Mund stand weit offen und war ein einziges schwarzes Loch, und die Lippen fielen weit in die Mundhöhle hinein.

»Hat man ihm das Gebiß herausgenommen?«

Sie nickte. »Er könnte sonst daran ersticken.«

Max warf einen Blick in den Mund seines Großvaters, der seit so vielen Monaten stumm offenstand. Die Zunge war vom beständigen Strom der Atemluft ausgetrocknet und schwarz, schrundig und zerfurcht wie die Fußballen eines uralten Straßenköters. Am Kinn klebten Speisereste, der faltige Hals war entzündet und übersät mit kleinen Schnitten; offenbar hatte ihn eine unerfahrene Frauenhand rasiert. Max wandte sich ab und schaute über die weiße Bettdecke hinunter ans Fußende. Das Bett erschien ihm unglaublich kurz, und dieses schmale Hügelchen unter der Bettdecke konnte unmöglich sein ganzer, großer Großvater sein.

Auf dem Nachttisch stand eine holzgerahmte, stockfleckige und vergilbte Fotografie. Jahrzehntelang hatte sie in Großvaters Stube gehangen. Tausendmal hatte der alte Mann das Bild von der Wand genommen, um seinen Nachfahren ihre Herkunft nahezubringen, und vom tausendfachen Griff seiner mächtigen Finger war das Holz des Rahmens speckig schwarz geworden. Max kannte das Bild gut. Es war die wichtigste Ikone des Mohn-Clans, die Mutter aller Familienfotografien, ein Mahnmal der bäuerlichen Herkunft für alle Nachgeborenen.

An jeder Weihnachtsfeier, an jeder Hochzeit und an jedem Geburtstagsfest stand Großvater allerspätestens nach dem zweiten Kaffee auf, hängte das Bild ab und nahm den letztgeborenen Sproß der Familie auf den Schoß. »Schau her, das ist unser Hof, wie er im Jahr 1918 ausgesehen hat. Der junge Mann in Uniform bin ich, gerade an jenem Tag von der Grenzwacht zurückgekehrt. Der alte Mann auf der Bank ist dein Ururgroßvater, daneben sitzen meine Eltern, das sind meine Brüder Fritz und Erwin, und die zwei Mädchen hinten auf dem Heuwagen mit den langen Zöpfen, das sind deine Großtanten Klara und Maria. Sind alle schon lange tot, außer mir.«

»Das Pferd vor dem Heuwagen auch?« hatte der kleine Max vor dreißig Jahren gefragt, und die Erwachsenen hatten gelacht.

Max Mohn erinnerte sich, wie er auf den Knien seines Großvaters gesessen und die Fotografie betrachtet hatte, die harten Gesichter seiner Vorfahren, ihre aufgerissenen Augen und ihre derben Kleider, und wie eine Ahnung ihn angeweht hatte von rohen Dielenbrettern im Innern des niedrigen Hauses, von flackernden Herdfeuern in rußgeschwärzter Küche, von Ratten in den Zwischenböden, von endlosen Zahnschmerzen und unsäglicher Plackerei auf dem Feld. Die Erinnerung an das Bild hatte sich Max in allen Einzelheiten eingeprägt; als er es auf dem Nachttischchen im Spitalzimmer wiedersah, schien ihm plötzlich, daß etwas fehle. Am linken Bildrand war doch noch etwas gewesen, auf halber Höhe, gleich neben dem Heuwagen – aber was? Max überlegte, und dann fiel es ihm ein: Es fehlte Großvaters Daumen mit dem längs gerillten Fingernagel, der das Bild dem kleinen Max immer hingehalten hatte.

Gewöhnlich geriet Großvater nach absolvierter Bildbetrachtung ins Prahlen: daß ihr Hof der schönste weit und breit gewesen sei; daß er sich als Bub seine Holzschuhe selbst geschnitzt habe, daß er als einziger im Dorf die Aufnahmeprüfung fürs Lehrerseminar geschafft habe und daß er im Winter 1916/17 bei anderthalb Metern Neuschnee mit dem Fahrrad ins nahe gelegene Städtchen gefahren sei, um im Volkshaus die Rede Wladimir Iljitsch Lenins an die Stahlarbeiter zu hören. Zwei Jahre später hätten er und seine Brüder mit weißer Farbe »Nie wieder Krieg!« über die ganze Länge des elterlichen Ziegeldachs gemalt, daß es geleuchtet habe weit ins Tal hinaus, worauf der alternde Vater die jungen Kerle noch ein letztes Mal windelweich geprügelt habe mit dem Ledergürtel; »und dann kam die Weltwirtschaftskrise und hat uns den Hof unter dem Hintern weggefressen, und mein alter Vater und die ganze Sippe waren fast zwanzig Jahre von meinem dünnen Lehrerlohn abhängig.«

So konnte das stundenlang gehen. Jetzt aber lag Großvater reglos in seinem Spitalbett, und die Fotografie wachte stumm über seinem Kopf. Max nahm an, daß es Tante Olga gewesen war, die das Bild hierhergebracht hatte, und für diese schöne Tat wollte er ihr das ewige Gezänk wieder für eine Weile nachsehen.

»Gibst du mir bitte die Truffes?«

Max reichte ihr das hellblaue Säckchen über Großvaters Bauch hinweg. Mit einer hastigen Bewegung riß sie das Papier unterhalb des goldenen Bändels auf und nahm eine weiße Schokoladekugel heraus.

»Schau her, Opa, wir haben dir Champagner-Truffes von Türler mitgebracht!«

Großvater reagierte nicht. Lang ausgestreckt lag er auf dem Rücken, hielt die Augen geschlossen und pfiff aus dem schwarzen Mundloch.

»Stell dir vor, dein Enkel Max sagt, du magst keine Truffes. Aber wir beide wissen es besser, nicht wahr? Du möchtest doch eine haben?«

Großvater blieb stumm, und Max fragte sich, ob er wirklich schlief oder sich nur totstellte. Tante Olga klemmte die weiße Schokoladekugel zwischen Daumen und Zeigefinger und führte sie dicht unter die Nase des alten Mannes. »Da, riechst du die Truffe? Ganz frisch, eben bei Türler gekauft!«

»Tante Olga!«

»Laß mich nur machen! Mit Komapatienten muß man reden, weißt du das nicht? Die hören alles, nur antworten können sie nicht! Nicht wahr, Opa, wir verstehen uns schon! Welche Schokolade magst du am liebsten: weiße, braune oder schwarze?«

Großvaters Augen blieben geschlossen, und unverändert ging sein pfeifender Atem aus dem Mundloch. Tante Olga pendelte mit der Truffe vier- oder fünfmal unter seiner Nase hin und her, dann stieß sie damit leicht an die Ober- und die Unterlippe, und dann – ließ sie die weiße Schokoladekugel ins kreisrunde Mundloch fallen. Es sah aus, wie wenn ein Golfball im Loch verschwunden wäre. Großvaters pfeifender Atem setzte aus, einen Moment blieb es still, dann begann er mit geschlossenen Augen zu husten und zu brummeln, und dann spuckte er die Truffe wieder aus. Es sah aus wie in einem rückwärts abgespielten Lehrfilm für Golfspieler.

Die Tante warf Max einen verlegenen Seitenblick zu. »Sag jetzt nichts!« wisperte sie, während die Schokoladekugel über das Laken kullerte und zwischen Großvaters Beinen zum Stillstand kam.

»Würdest du mir bitte sein Gebiß reichen?«

Fassungslos sah Max sie an.

»Dort im Nachttisch. Nimm's hervor, sei so gut.«

Max öffnete das Türchen. Auf dem oberen Regal stand ein Wasserglas, und daraus grinste ihn Großvaters Gebiß an. Er streckte das Glas der Tante entgegen.

»Das Gebiß, nicht das Glas!«

Da Max vermeiden wollte, daß sich eines von Tante Olgas Sommergewittern über Großvaters sterblicher Hülle entlud, tauchte er ergeben zwei Finger ins Wasser. Sofort bildeten sich kleine Luftblasen, die an seinen Fingern empor zur Wasseroberfläche kräuselten. Er fischte das Gebiß heraus, ließ es abtropfen und reichte es der Tante. Sie spreizte mit drei Fingern der einen Hand Großvaters vertrocknete Lippen und setzte mit der anderen die Zähne ein. Sie tat das mit einem Blick hausfraulicher Besorgtheit und auffällig fachkundig – und Max kam zum ersten Mal der Gedanke, daß Tante Olgas blitzweiße Zähne vielleicht nicht ganz naturecht sein könnten.

Mit einem Mund voller Zähne sah Großvater sofort viel besser aus. Ich nehme ihn mit zu mir nach Hause, dachte Max. Ich lasse ihm den Schnurrbart nachwachsen, entferne die Speisereste am Kinn und klebe Pflaster auf die Rasierwunden, und dann ist er wiederhergestellt. Der alte Mann machte mit dem eben eingesetzten Gebiß ein paar Kaubewegungen, schmatzte und schlürfte und saugte, schlug plötzlich die verkrusteten Augen auf und ließ den Blick kalt auf dem Gesicht seiner Tochter ruhen. Tante Olga strahlte.

»Na, Opa, gut geschlafen? Möchtest du jetzt eine Truffe? Wir haben Truffes von Türler mitgebracht.«

Eifrig griff sie nach der Truffe auf der Bettdecke, die Großvater ausgespuckt hatte, und hielt sie ihm vors Gesicht. Der sah ohne das geringste Zeichen des Erkennens durch alles hindurch: durch die Truffe, durch Tante Olga, durch die Wände des Krankenhauses, durch die Erdatmosphäre und durch die schwärzesten Tiefen des Universums. Er räusperte sich, dann folgte ein tiefes, grollendes Husten und dann ein nicht enden wollender, monotoner Alemannenfluch: »Gopferdammi-Gopferdammi-Huregopferdammi-Gopferdammi-Gopferdammi-Huergopferdammiseckelsiechnomol!« Dann erlosch sein Blick, die Augen fielen zu, und der Unterkiefer sackte hinunter auf die Bettdecke. Großvater lag da, wie wenn er nie wach gewesen wäre und noch hundert Jahre schlafen würde. Max Mohn empfand ein vages Grauen; er packte den Arm des alten Mannes und schüttelte ihn. »Großvater! Bist du wach?« Dessen traurige Gestalt schlenkerte unter dem Laken hin und her wie eine Gliederpuppe. Auf seinem Gesicht zeigte sich keinerlei Regung. Max fühlte sich schuldig und ließ ihn los.

»Hast du das gehört, Max?« fragte Tante Olga. »Hast

du gehört, wie Opa mich angeflucht hat?« Zwei Tränen kullerten ihr über die Wangen, und alle Jugendlichkeit war von ihr abgefallen. Sie warf das Päckchen Truffes aufs Bett, schniefte und wischte sich mit den Handballen die Tränen ab. »Ach Gott, jetzt fängt Opa auch noch an! Was ist heute nur mit euch los? Was habt ihr plötzlich alle gegen Champagner-Truffes?«

Die Tante beugte sich übers Bett, spreizte Großvaters Lippen auseinander und nahm ihm das Gebiß heraus. Auf einen Schlag alterte er wieder um Jahrzehnte, und Max meinte plötzlich zu verstehen, warum der alte Mann sich mit dem Sterben so schwer tat: aus reinem Trotz und Geiz, aus Gier nach verpaßtem Leben; aus Groll über sein jahrzehntelanges Lehrerstrampeln im Hamsterrad der Schule vor ewig gleichbleibend dummen Schülern, denen er die ewig gleichen Selbstverständlichkeiten in die harten Bauernschädel hatte hämmern müssen; aus Verzweiflung über seine Ehe, in der es sechzig Jahre lang zugegangen war wie zwischen Hund und Katz; aus Trauer um seine zwei Töchter, deren absonderliche Weiblichkeit ihm immer fremd geblieben war; aus hochmütiger Enttäuschung über seine Freunde, die ihm – an den eigenen hochfliegenden Ansprüchen gemessen – stets gleichgültig geblieben waren; aus Zorn über die nicht mehr zu korrigierende Tatsache, daß der begabte junge Bursche, der er einst gewesen war, mangels Geld nie den Fuß über die Schwelle einer Universität gesetzt hatte; und aus Reue darüber, daß er nicht schon als Zwanzigjähriger alle Spinnweben zerrissen hatte, daß er zu feige gewesen war, dem ungeliebten Heimatdorf den Rücken zu kehren und zusammen mit seinen Brüdern Erwin und Fritz in Amerika ein neues Leben anzufangen.

Tante Olga reichte Max die Zahnprothese. Er ließ sie ins Wasserglas gleiten und stellte dieses zurück in den Nachttisch. An seinen Fingerspitzen war etwas großväterlicher Speichel hängengeblieben. Unwillkürlich machte Max mit der Hand eine Bewegung zum Bettlaken hin, dann hielt er inne und wischte die Finger an der eigenen Hose ab.

»Tschüß Opa, bis bald«, flüsterte Tante Olga und küßte ihn auf die Stirn. Dann räusperte sie sich, straffte den Rücken und lief mit jugendlich federndem Schritt zur Tür, und dabei quietschten ihre Tennisschuhe auf dem Linoleum. Max horchte auf das Quietschen und versuchte zu fassen, woran es ihn erinnerte, und dann fiel es ihm ein: an das Bellen spielender Seehunde. Er sah seiner Tante nach, bis sie im Flur verschwunden war. Dann hob er das Päckchen mit den Champagner-Truffes vom Bett auf, legte – vielleicht zum letzten Mal – die Hand auf die zähe Bauernbrust seines Großvaters, und dann ging auch er. Wenn er unterwegs einer Krankenschwester begegnete, würde er ihr die Truffes schenken.

3.

Max Mohn erobert die Hauptstadt

Golden glitzert in der Nachmittagssonne das Fernsehhaus. Darüber hinweg tosen Flugzeuge, dahinter rauscht ein Schnellzug, davor stockt der Autobahnverkehr, daneben bimmelt die Straßenbahn. Die Straßenbahn hält an, die Türen gehen auf, Max Mohn steigt aus. Gemessenen Schrittes überquert er die Straße, betritt das gläserne Pförtnerhäuschen, baut sich vor dem Schalter auf und betätigt die Klingel. Hinter der kugelsicheren Scheibe sitzen zwei uniformierte, dickhalsige Sicherheitsangestellte. Die beiden haben kein Gehör für das Klingeln. Sie sehen Max Mohns lange Gestalt nicht. Sie haben keine Zeit für nichts und niemanden auf der Welt außer für die mannigfachen elektronischen Apparate, die ihnen teils an breiten Ledergürteln am Leib hängen, teils vor ihnen auf dem Tisch stehen. Schau an, zwei Blödmänner, denkt Max Mohn, zwei typische Blödmänner alpenländischer Kulturprägung! Und dann schlägt er demütig die Augen nieder und wappnet sich mit Geduld.

»Guten Tag«, sagt er nach angemessener Wartezeit und in aller gebotenen Bescheidenheit gegen die Glasscheibe hin. »Wo bitte geht's hier zum Büro von Herrn Mischbecher, dem Leiter der Nachrichtenredaktion? Ich bin für ein Vorstellungsgespräch verabredet.«

»Name?« schnappt der eine Blödmann.

»Mischbecher«, schnappt Max zurück, leicht irritiert. Jetzt endlich sieht der eine Blödmann zu Max auf mit einem Blick, in dem alle Müdigkeit und alle Verzweiflung der ganzen Menschheit liegen. »*Ihren* Namen will ich wissen, nicht den von Herrn Mischbecher.«

»Verzeihung. Mein Name ist Mohn ... Max Mohn.«

»Mond?«

»Mohn.«

Der Blödmann wendet sich von Max ab, drückt ein paar Tasten auf einer Tastatur und fährt mit dem Zeigefinger über einen Bildschirm.

»Sie stehen nicht auf der Besucherliste, Herr Mond. Heinz!« fragt er den anderen Blödmann, »hast du einen Herrn Mond auf der Liste?«

»Mohr?«

»Mond.«

»Nein, Franz.«

Max muß ein wenig lächeln ob der neuerlichen Bestätigung seiner selbstgefertigten Lebensweisheit, daß immer alle Blödmänner entweder Heinz oder Franz heißen. »Hören Sie, mein Name ist Mohn, nicht Mond – nicht wie das Himmelsgestirn also, sondern wie die Blume. Schlafmohn, Klatschmohn, Ölmohn.«

»Soso, Mohn, aha«, sagt Franz vorwurfsvoll. »Dann wollen wir mal sehen. Mohn, Mohn, Mohn ... Sie stehen trotzdem nicht auf der Besucherliste, Herr ... Mohn. Hast du was, Heinz?«

»Nein, Franz.« Und damit ist klar, was Max jetzt anständigerweise tun müßte: im Rückwärtsgang das Pförtnerhäuschen verlassen, die Straße überqueren, in die nächste Straßenbahn steigen und zurückkehren in jenes Erdloch irgendwo dort draußen in der Steppe, aus dem er unnötigerweise hervorgekrochen ist. Aber da er sich noch immer um eine Stelle als Nachrichtenreporter bei der Tagesschau bewerben will, setzt er sich bescheiden auf die Wartebank gegenüber der Glasscheibe und hofft, daß irgendwann ein Wunder geschehe.

Die Zeit vergeht. Heinz und Franz sind schwer mit ihrem elektronischen Tand beschäftigt und haben Max restlos aus ihrer Erinnerung getilgt. Eine müde Herbstfliege schlägt mit dem Kopf gegen die Glasscheibe, stürzt ab und rennt auf dem Linoleumboden sterbend einige Runden, bevor sie sich rücklings in den Staub legt und die Beine spitz anzieht. Der Gummibaum in der Ecke verliert ein Blatt; beim Aufschlagen aufs Linoleum verursacht es einen Windstoß, der den Leichnam der Fliege drei Zentimeter westwärts weht, nahe an die Fußleiste aus Aluminium, die mit versenkbaren Schrauben an der Betonwand befestigt ist. Ein paar Millionen Staubpartikel wirbeln auf. In dem Moment kommt die Sonne hinter dem Fernsehgebäude hervor, die Staubpartikel fangen an zu glühen, auf dem Linoleum leuchtet ein schmaler Streifen Sonnenlicht – und die zwei Blödmänner lassen ab von ihren Geräten und schauen mit gefurchten Stirnen durch die Doppelverglasung zum Himmel hoch.

»Ziemlich warm ist's für die Jahreszeit«, sagt Heinz und reibt sich mit seiner starken Hand den Nacken.

»Viel zu warm«, bekräftigt Franz. »Wenn's noch ein paar Tage so warm bleibt, schlagen am Ende noch die Kirschbäume aus.«

»Und das im November.«

»Und das im November. War das im November zweiundsiebzig, als die Kirschbäume ausschlugen?«

»Einundsiebzig war's.«

»Einundsiebzig, du hast recht. Zweiundsiebzig mußten wir den Hof verkaufen. Wann war das schon wieder, als ihr verkauft habt?«

»Anno zweiundachtzig.«

»Zweiundachtzig, soso.«

»Dann habt ihr also vier Jahre nach dem Sahli Ernst verkauft, und der Huber Kurt hat sogar erst anno zweiundneunzig ..., hast du den Huber Kurt gekannt?«

»Den aus Hubersdorf?«

»Nein. In Hubersdorf gibt's keine Hubers.«

»Ach, den von der Allmend? Der sich samt Traktor im See ...?«

»Genau.«

»Klar hab ich den gekannt.«

»Schade um ihn. War ein Senkrechter.«

»Ja. Aber was will man machen?«

Max Mohn steht auf und nähert sich der Glasscheibe. Mein Großvater war auch Bauernsohn! möchte er Franz und Heinz zurufen; mein Großvater, der jetzt zahnlos und nacktrasiert im Spital liegt, war als Bub der fixeste Kuhhirte weit und breit! Er hat seine Holzschuhe selbst geschnitzt vor neunzig Jahren, und einmal hat er sich mit der Heugabel versehentlich die linke Wade durchbohrt, mit einem Zinken quer durch den Muskel und auf der andern Seite wieder raus! Er ist genauso ein bissiger Kettenhund wie ihr; wie ihr wählt er nur Kettenhunde von Politikern, und genauso wie ihr hat er diesen melancholischen Blick in unbeobachteten Momenten, wenn er Sehnsucht hat nach dem Hof, an dessen Stelle jetzt eine Autobahneinfahrt, ein Supermarkt und zwölf Einfamilienhäuser stehen.

Aber natürlich kann Max Mohn das alles nicht sagen, das würde gegen die Benimmregeln verstoßen und wäre peinlich für alle Beteiligten. Heinz und Franz schauen ihn fragend an, wie er unaufgefordert viel zu dicht am Panzerglas steht. In seiner Verlegenheit deutet Max auf das Telefon.

»Würden Sie bitte Herrn Mischbecher anrufen? Ich bin wirklich mit ihm verabredet, das müssen Sie mir schon glauben.«

»Sie stehen nicht auf der Besucherliste, Herr Moos«, sagt Franz würdevoll, jetzt wieder ganz Sicherheitsangestellter. »Ich kann Besucher nur telefonisch anmelden, wenn sie auf der Liste stehen.«

»Hören Sie, es geht um ein Vorstellungsgespräch. Soll ich meinen Termin verpassen, weil ich nicht auf Ihrer Liste stehe?«

»Vorschrift ist Vorschrift«, sagt Franz, lehnt sich in seinem Stuhl zurück und stülpt die Unterlippe über die Oberlippe. Heinz steht mit verschränkten Armen neben ihm und beult mit der Zunge die linke Wange aus. »Ich kann nicht jeden melden, der hier angetanzt kommt.«

Max will aufbegehren, aber der andere Blödmann schneidet ihm das Wort ab. »Was glauben Sie, was hier jeden Tag los ist. Zwei Minuten vor Ihnen zum Beispiel war einer da, der wollte zu Lolita Bolero, unserer Wetterfee. Hat behauptet, er sei ihr Scheidungsanwalt. Wenn wir Lolita jeden Spinner melden würden, gäbe es überhaupt keine Wettersendungen mehr. Oder Fritz Pfütze, der Sportmoderator? Wenn wir dem alle Schulmädchen hochschicken würden, die ihm an die Wäsche wollen! Oder die ganze Quizmaster-Truppe? Du meine Güte! Ich sage Ihnen, Herr Moll: Die halbe Nation kommt hier an und verlangt Einlaß unter irgendeinem Vorwand! Und darum können wir Sie leider nicht ...«

Heinz redet noch lange weiter, aber Max hört nicht mehr hin. Er will nur noch weg, berufliche Laufbahn hin oder her. Offenbar ist das Fernsehhaus nur unter großen Schwierigkeiten zu betreten, und derart schwer zugängliche Orte hat Max schon immer nach Möglichkeit gemieden. Denn eines hat er gelernt in seinem lauwarmen Leben: Schwer zugängliche Orte sind stets mit Gefahren verbunden, das ist ja gerade der Grund für ihre Unzugänglichkeit. Damit soll vermieden werden, daß sich ein argloser Spaziergänger unnötig in Gefahr begibt. Bergspitzen zum Beispiel: Da ist die Absturzgefahr erheblich, und deshalb liegen sie in der Regel recht abgelegen, fern jeder menschlichen Siedlung. Dasselbe gilt vermutlich für unterirdische Höhlensysteme, Atomkraftwerke und militärische Sperrgebiete, und irgendwie ähnlich muß der Fall auch beim Fernsehhaus liegen. Oder kann es Zufall sein, daß die Studios kilometerweit außerhalb der Stadt liegen, umgeben von nichts als Schafweiden und Lagerhallen und Eishockeystadien, so weit das Auge reicht? Max hat keine Ahnung, welcher Art die Bedrohung hier sein mag – und er will es auch gar nicht wissen. Ihn interessiert nur noch, wann die nächste Straßenbahn zurück ins Stadtzentrum fährt.

Endlich macht Heinz eine Redepause, und Max will gerade einen Abschiedsgruß formulieren und sich höflich aus der Gefahrenzone zurückziehen – da taucht wie vom Himmel herniedergeschwebt ein braungebrannter Herr von schwer schätzbarem Alter in gutsitzendem Nadelstreifenanzug auf. Heinz und Franz fangen an, mit den Köpfen zu ruckeln wie zwei verliebte Täuberiche, und dabei gurren sie: »Guten Tag, Herr Mischbecher! Guten Tag, Herr Direktor! Guten Tag, guten Tag!«

Mischbecher lächelt mit sehr weißen Zähnen und nimmt Max Mohns Hand in beide Hände, und dann schlägt er ihm kameradschaftlich gegen den Oberarm. »Herr Mohn, ich freue mich! Hatten Sie Schwierigkeiten am Empfang? Bitte verzeihen Sie, mein Fehler! Ich hätte Sie anmelden müssen! Kommen Sie, ich zeige Ihnen erst mal unser Haus.«

Max Mohn zwingt sich zu einem Lächeln, und dann fügt er sich ins Unvermeidliche und folgt dem Direktor ins Innere des Fernsehhauses. Finster trottet er einher und nimmt nicht das geringste wahr von der schillernden Welt des Fernsehens, die ihm Mischbecher mit eleganten Worten und weichen Armbewegungen vorführt. Weder sieht Max die Stars und Starlets, die da geschminkt oder ungeschminkt an ihm vorüberziehen, noch sieht er die Redakteure mit ihren klug gefurchten Denkerstirnen; er sieht weder die Chefs noch die Kameraleute noch die Tontechniker, und wenn Max überhaupt eine Empfindung hat, dann diese: daß er, der Enkel seines Großvaters, inmitten dieser schönen und gewandten Menschen allezeit fehl am Platz sein wird.

Eine Stunde später geht an der Skyline der Hauptstadt die Sonne unter wie eine Münze, die jemand in den Schlitz einer Parkuhr steckt. Gelb und rot spiegelt sich das Licht an den gläsernen Fassaden von tausend Bürohäusern, und so gehen in der ganzen Stadt tausend Sonnen unter. Hinter der Fassade des Fernsehhauses steht irgendwo Max Mohn, kratzt sich am Handrücken und schaut einem Schwarm Wildenten nach, der in Staffelformation südwärts fliegt. Im selben Büro sitzt an einem gläsernen Schreibtisch Direktor Mischbecher. Er blättert seit langer Zeit in Mohns Bewerbungsunterlagen und hüstelt und räuspert sich. Endlich schiebt er die Papiere mit den Fingerspitzen von sich weg und formt die Lippen zu einem belustigten, spitzen Rüsselchen, wie wenn er Max nächstens einen Kirschstein ins Gesicht spucken würde – oder will er ihn gar küssen?

»Herr Mohn, nehmen wir folgendes an: Sie haben eine Fernsehkamera zur Hand und drei Minuten Sendezeit.«

»Hmm. Drei Minuten?«

»Drei Minuten. Die ganze Nation hört Ihnen zu! Ein ganzes Volk schaut hin! Was erzählen Sie ihm?«

»Dem Volk? In drei Minuten?« Max Mohn ist ratlos.

»Drei Minuten. Sagen Sie mir, wovon Sie träumen, Herr Mohn! Was empört Sie, was lieben Sie, was interessiert Sie?«

Natürlich müßte Max diese Frage wie aus der Pistole geschossen beantworten, wenn er noch immer Fernsehreporter werden möchte. Aber erstens will er das nicht mehr, und zweitens fällt ihm auf den Tod nichts ein, was er der Nation in drei Minuten erzählen möchte. Vielleicht liegt es daran, daß er eine unüberwindbare Abneigung gegen Mischbecher gefaßt hat – gegen dessen salopp über die Schulter geworfenes Jackett, gegen die amerikanisch arbeitsam hochgekrempelten Hemdsärmel, gegen die eitel in Falten geworfene Stirn und die teuren englischen Schuhe. Und dann dessen Büro: Die mit wohlberechneter Beiläufigkeit hingeworfene »Financial Times«, die drei Bildschirme auf dem gläsernen Pult, das Miles-Davis-Poster an der Wand, der Keith-Haring-Spannteppich! Als besonders abstoßend empfindet Max die Gewohnheit des Direktors, bei jeder Gesprächspause die Wangen einzusaugen und zwischen den Zähnen festzuklemmen.

»Drei Minuten?«

»Drei Minuten!«

»Drei Minuten sind zu kurz. In drei Minuten träume ich von nichts, liebe ich nichts, empört und interessiert mich nichts.«

Mischbecher legt die Fingerspitzen beider Hände aufeinander und schaut Max an wie ein Verliebter.

»Köstlich, Herr Mohn! Wissen Sie was? Sie gefallen mir. Sie sind ein Naturbursche. Nicht wahr? Unverdorben. So was mögen die Leute. Wo genau spricht man Ihren Dialekt?«

Max Mohn nennt ihm den Namen seines Heimatstädtchens, und Mischbecher sagt »Ach ja«, schmunzelt und wiederholt den Namen dreimal hintereinander, wie wenn ihm das Städtchen ein Ort lieber Jugenderinnerungen wäre. Plötzlich zuckt er zusammen wie von einem Stromschlag, lacht hell auf, beugt sich vor und reicht Max die Hand. »Wissen Sie was, Herr Mohn? Ich nehme Sie. Eine Kapriole, aber – kurzum. Willkommen beim Fernsehen!«

»Ich will nicht.«

»Selbstverständlich. Das leisten wir uns jetzt. Sie sind ein Sympathieträger, Herr Mohn! So was fehlt uns schon lange. Alles weitere erhalten Sie dann schriftlich, nicht wahr?«

*

Dem Fernsehhaus entronnen, sitzt Max in der Straßenbahn und lauscht dem Rattern der eisernen Räder auf blankpolierten Schienen. Zwei Sitzreihen weiter vorne sitzt auf dem Schoß einer alten Frau ein alter Rauhhaardackel. Die Frau hat zartes, nebelweißes Haar, das sich dicht wie Zuckerwatte waagrecht um ihren Kopf spinnt. Sie spricht mit einem grauborstigen Mann, der neben ihr am Fenster sitzt und zuoberst auf dem Schädel ein Baumwollhütchen mit seitlichem Reißverschluß trägt.

»Ein braves Hundchen haben Sie da. Tipptopp dressiert, was?« sagt der Mann mit dem Hütchen. Er tätschelt den Hintern des gebrechlichen Dackels, und der nickt bei jedem Klaps wie ein Plastikhund im Heckfenster eines Autos. »So ist's richtig, gute Frau, recht so. Der Mensch muß seinen Hund beherrschen, hab ich recht? Er muß ihm ein Meister sein. Das kann man nicht lernen, das ist Charaktersache. Entweder man hat ES, oder man hat's eben nicht. Heute hat's fast niemand mehr, wenn Sie mich fragen. Schlappe Zeiten sind das, in denen wir leider

Gottes leben müssen. Aber früher! Mein Vater zum Beispiel, der hat's noch gehabt! Der war Kellner im Bahnhofbuffet erster Klasse, kurz nach dem Ersten Weltkrieg. Waren Sie vielleicht mal da, so um 1919 oder 1920?«

Erstaunt und ein wenig beleidigt schüttelt die Frau den Kopf.

»Wirklich nicht? Denken Sie mal scharf nach, vielleicht haben Sie meinen Vater gekannt – Edmund hieß er, Edmund Probst! Groß, schwarzes, mit Brillantine zurückgekämmtes Haar, Nickelbrille. Na? Egal, Verzeihung. Jedenfalls gab's damals im Bahnhofbuffet jeden Abend einen Russentisch, ganz hinten rechts in der Ecke, lauter exilierte Fürsten und Gräfinnen und Prinzen, die wegen der Revolution geflohen waren. Unter ihnen war ein Fürst namens Nikolai Vasillewitsch Godunov. Doch, genau so hieß der, vergeß ich mein Lebtag nicht. Das war ein ganz besonders blasierter Kerl von einem Aristokraten, Zylinder, Monokel, Stehkragen und weiße Galoschen. Hatte immer ein zähnefletschendes Ungeheuer von einem russischen Kampfhund bei sich, das den Fußboden vollgeiferte und die Kellner zu Tode erschreckte. Der Fürst hatte seinen Spaß daran. Unablässig tätschelte er den Schädel des Monstrums und murmelte russische Kosenamen unter den Tisch, und der Hund knurrte und lauerte auf Kellnerbeine. Dann und wann schnellte die Bestie brüllend hervor und schnappte, und wenn dann ein unglücklicher Kellner das Serviertablett fahren ließ, daß Saucen, Suppen und Weine über den Teppich spritzten, zwirbelte Fürst Godunov sein widerwärtig dünnes Schnurrbärtchen und zitterte vor Vergnügen. Eines Tages aber ließ er sich etwas Besonderes einfallen. Er rief meinen Vater herbei und zog aus seinem silbernen Zigarrenetui zwei Havanna-Zigarren hervor. Schöne, große, dunkle Havannas, für die mein Vater einen ganzen Wochenlohn hätte hergeben müssen. Fürst Godunov stellte die Zigarren links und rechts vor den mächtigen Schädel des Kampfhundes, dann sagte er mit seiner melancholischen Slawenstimme zu meinem Vater: ›Wänn Sie nähmen Zigarren wäg von hier, gähören Ihnen, mein Bestär.‹ Der Russe nannte immer alle Kellner ›mein Bestär‹; den meisten war das egal, aber mein Vater ärgerte sich schrecklich darüber. Und als diese zwei verlockenden Havannas vor der furchterregenden Schnauze des Hundes standen – wissen Sie, was mein Vater getan hat?«

Erwartungsvoll schaut der Mann mit dem Hütchen die Frau an, und sie schüttelt erneut den Kopf. Er schließt genießerisch die Augen.

»Mein Vater hat das Tablett auf den Nebentisch gestellt und in aller Ruhe die Jacke ausgezogen. Dann hat er die Faust geballt und sie dem Russenköter blitzschnell mit aller Kraft auf die Nase geschlagen. Und wissen Sie was? Der Hund war sofort tot. Lag still zwischen den zwei stehenden Havannas, wie wenn er schlafen würde. Ein dünnes Rinnsal Blut rann ihm aus der Nase, und auf dem Parkettboden bildete sich eine dunkelrote Lache. Na, was sagen Sie nun? Verstehen Sie jetzt, was ich meine? Mein Vater, der hat ES noch gehabt! Hat gewußt, daß die schwache Stelle eines Hundes die Nase ist, hat einen Entscheid gefällt und – zack – ausgeführt! Mein Vater, der hat's gehabt! Heute hat das keiner mehr! Keiner!«

Die Straßenbahn nimmt kreischend eine Kurve. Die alte Frau sieht ängstlich zu dem Mann mit dem Hütchen hoch und legt schützend die Arme um den Dackel. Um nicht unhöflich zu erscheinen, fragt sie: »Und dann?«

»Mein Vater hat die zwei Havannas in aller Ruhe eingesteckt und ist weiter seiner Arbeit nachgegangen, wie wenn nichts geschehen wäre. Und wissen Sie, was Fürst Godunov getan hat? Nichts! Hat mit zitterndem Schnurrbärtchen seinen Teller leergegessen, hat mit erzwungener Ruhe Kaffee und Kognak getrunken und eine Zigarre geraucht. Er hat die Rechnung bestellt und bezahlt und meinem Vater ein wahrhaft fürstliches Trinkgeld gegeben, und dann hat er seinen toten Hund auf die Arme genommen wie ein Kleinkind und ist steifen Schrittes weggegangen, um nie mehr wiederzukehren. Ohne Beschwerde, ohne Reklamation! Das hat ihm mein Vater hoch angerechnet. Die hatten's eben noch, die Russen, verstehen Sie!«

Zwei Sitzreihen weiter hinten sitzt Max Mohn, schaut aus dem Fenster und fragt sich, ob er selber ES hat. Vermutlich nicht. Und der Direktor Mischbecher, mit seinen manikürten Händchen? Oder Heinz und Franz, Tante Olga oder Johnny Türler? Haben die's?

Max steigt an der nächsten Haltestelle aus. Die Nacht ist angebrochen, und die Bahnhofstraße glitzert in ihrer ganzen Pracht. Bewundernd schaut er den Menschen nach, die da so urban, selbstbewußt, zielstrebig und gutaussehend an ihm vorüberziehen – die blitzenden Ohrringe, die eleganten Aktenkoffer, die vornehm geschwungenen Lippen, die langen, edel geformten Frauenbeine. Max schaut in Gesichter, die er nie wiedersehen wird, er lauscht Gesprächsfetzen, deren Sinn und Ende er nie erfahren wird, und er fühlt sich klein und verloren. Haben all diese Leute ES?

In den Seitengassen gibt es Bars, die heißen »Au petit Paris«, »Sunset Boulevard«, »Caffè Mastroianni« oder ähnlich. Durch die offenen Türen tönt Gläserklingen und Musik, und durch die Schaufenster sieht Max Männer, die alle etwa gleich groß und gleich schlank sind, graue Anzüge tragen und weiße Hemden und Krawatten mit kleinen Surfbrettern oder Golfspielern drauf; manche haben goldgerahmte Pilotenbrillen und manche keine, und alle haben sie denselben weichen, leicht beleidigten Zug ums Kinn. Sie lachen und schlagen einander auf die Schultern und stoßen mit langstieligen Gläsern an. Vermutlich hat jeder dieser Männer eine ziemlich hübsche Frau, mit der er sich samstags gelegentlich zankt, wahrscheinlich haben sie alle Spaß an dieser oder jener Freizeitbetätigung, und gewiß fährt jeder von ihnen abends in seinem in Mietkauf erstandenen Auto in eines jener nahe gelegenen Schlafdörfer, in denen die Wohnungen günstiger sind als in der Stadt, und im Wohnzimmer über dem Fernseher gibt es ein paar Bücherrücken, von denen einige gar keine Videokassetten sind. Haben die ES?

Max hat schon den halben Weg zum Bahnhof zurückgelegt, als er auf dem Gehsteig eine junge Frau überholt, die einen Kinderwagen vor sich her schiebt. Gewohnheitsmäßig wirft er einen Blick in den Wagen; Max mag Babys. Sie lösen in ihm ein leichtes, luftiges Gefühl aus. Ihr Anblick stärkt in ihm den Glauben, daß der Mensch an sich gut sei und daß jeder unschuldig, schön und im

Zustand der Gnade geboren werde. Leider aber scheint es auch Ausnahmen zu geben, und das Baby in diesem Wagen ist eine. Dick und fett wie ein kleiner, gestrandeter Wal liegt es rücklings auf seiner Häkeldecke, ruhig, abwartend und selbstbewußt ruht es in seinem Fleisch. Max Mohn beugt sich im Gehen über den Wagen und schaut genau hin, und da zerbricht ihm das kinderliebende Lächeln auf den Lippen. Zwar ist das Baby rosig und gesund und gedeiht ganz offensichtlich prächtig – aber es ist kein Sonnenscheinchen. Aus dem runden Kopf blicken zwei kalte, wimpernlose Fischaugen furchtlos in die Welt hinaus, zwei gierige Ärmchen strecken sich Max entgegen, und gewiß würden diese wulstigen, kleinen Pranken ihm auf der Stelle die Gedärme aus dem Leib reißen, wenn sie es nur könnten. Max ist entsetzt. Er schaut hoch zu der jungen Mutter. Ihre Lippen schließen sich faltig über den Zähnen wie bei einer alten Frau. Das Gesicht ist viel zu stark gepudert, die Schultern sind knochig und schmal, das blonde Haar matt wie ein Weizenfeld kurz vor dem Abmähen, und ihre Brüste, die noch vor wenigen Monaten voll und rund gewesen sein mögen, baumeln leer unter einer viel zu weiten Bluse. Max starrt erneut auf den Säugling. Eine Frage kullert in seinem Schädel umher wie ein loses Faß im Frachtraum eines schlingernden Schiffes. Dieser Säugling – hat er ES? Ist's das?

Die entgegenströmenden Menschen trennen Max vom Kinderwagen. Er gerät von der Bahnhofstraße in eine Seitengasse und von da weiter in ein stilles, dunkles Wohnquartier. Plötzlich merkt er, daß er Hunger hat. Max hat Glück: Gleich an der nächsten Straßenecke gibt es einen Bioladen. Türe auf, klingeling, Türe zu, und Max steht auf einem anderen Planeten. Hier ist alles anders als in den Kaufhäusern an der Bahnhofstraße, wo gehetzte Büroslaven einander mit den Einkaufswagen in die Kniekehlen fahren. Hier läßt eine rotwangige junge Frau mit blauweiß kariertem Rock bedächtig eine Handvoll Weizenkörner durch die Finger in einen Jutesack rieseln. Da begutachtet ein bärtiger Mann aufmerksam einen Apfel und legt ihn wieder zurück in die Holzkiste. Dort stehen zwei Frauen mit rot gefärbten Haaren friedlich am Verkaufstresen und warten, bis sie an der Reihe sind. Die Regale sind aus naturbelassenem Holz. Das Licht ist schummerig. Niemand ist in Eile. Ein großer Friede füllt wie ein warmes Summen den Laden. Alle hier drin summen gemeinsam dasselbe Lied – die junge Frau im blauweißen Rock, der Apfel, der bärtige Mann, die Weizenkörner, die zwei Rothaarigen, die Türglocke. Max gefällt dieses Lied. Ist's das? Haben diese Leute ES? Aber dann merkt Max, daß er nicht mitsummt – im Gegenteil: Steif steht er am Tresen wie in irgendeinem Kaufhaus und wippt sogar leicht auf den Zehen, weil er seit zwei Minuten warten muß. Max gesteht sich ein, daß ihn im Bioladen alles aufregt. Der bärtige Mann zum Beispiel hat eine Frisur wie ein finnisches Strohdach. Und wie der dem Verkäufer andächtig zwei leere Milchflaschen entgegenstreckt – wie wenn es zwei Balken vom Kreuz Christi wären. Und wie er dann sagt:

»Ich hätte gerne zwei Liter Milch, bitteschön.«

Und der Verkäufer, der den Finnen nachdenklich anschaut: »Zwei Liter Milch?«

Und der Finne: »Jaa-aa.«

Und dann nochmals der Verkäufer, der zwei mal Einsfünfundsechzig auf einem Stück Packpapier schriftlich addiert, seine Rechnung gewissenhaft überprüft und sagt: »Zwei Liter Milch, das macht dann Dreidreißig, bitteschön.« Und dabei ist seine Stimme beladen mit Bedeutungsschwere, wie wenn bei der Bekanntgabe dieser Ziffern an der Wallstreet die Börsenkurse ins Rutschen geraten würden. Dann der Finne, der sein Geld zu suchen beginnt. Er wühlt in sämtlichen Manteltaschen, dann in den Hosentaschen und im Jackett, er macht ein dummes Gesicht und krault sich am Bart und breitet ratlos die Arme aus – und als er wieder zur Durchsuchung der Manteltaschen zurückkehrt, hält es Max Mohn nicht länger aus und verläßt den Laden.

Der Hunger ist ihm vergangen; Max will jetzt nur noch nach Hause. Er pflügt sich seinen Weg dem Bahnhof zu, blind und taub für die Pracht der weihnachtlich geschmückten Stadt. Er atmet auf, als er den Zug besteigt, der ihn zurückbringen wird in sein Städtchen, und als er einen Waggon ganz für sich alleine findet und der Zug auch gleich anfährt, ist er schon fast wieder froh.

Die Gleise führen in weitem Bogen aus der Stadt hinaus. Max wischt mit dem Ärmel die beschlagene Scheibe ab, preßt die Stirn gegen das Glas und schaut hinaus in die Nacht. Gewaltige Wohnblocks ziehen an ihm vorbei wie festlich beleuchtete Ozeandampfer, und in den Fenstern kann Max Menschen sehen: einen ergrauten Mann im gerippten Unterhemd, der am Küchentisch eine Wurst ißt; einen kleinen Jungen, der auf dem Balkon steht und mit dem Spielzeuggewehr auf den vorbeifahrenden Zug schießt; eine junge Frau, die den Telefonhörer zwischen Ohr und Schulter eingeklemmt hat und mit der linken Hand an den Vorhängen nestelt. In manchen Fenstern zeichnen sich auf zugezogenen Vorhängen menschliche Umrisse ab, in anderen ist es dunkel. Aus den Kaminen steigt weißer Rauch, und über allem spannt sich mächtig ein winterklarer Sternenhimmel.

Max denkt daran, daß viele Menschen in diesen Wohnblocks nur deshalb Kinder zeugen, weil die Hausordnung das Halten von Hunden und Katzen verbietet. Er stellt sich vor, daß fast überall der Fernseher läuft und daß vielleicht gerade jetzt am Bildschirm Direktor Mischbecher der Nation einen dreiminütigen Traum erzählt und zwischendurch die Wangen zwischen die Zähne einsaugt. Möglicherweise lebt hinter einem dieser Fenster der Mann mit dem Hütchen, vielleicht auch die alte Frau mit dem Dackel oder das fettleibige Baby mit den Fischaugen ... »Alle haben ES, alle!« sagt Max zu sich selbst. »Alles hat's, sogar die Stadt und der Fluß und der Berg dort hinten mit der blinkenden Fernsehantenne, und die Eisenbahn und ich selbst.« Und dann löst er seine Stirn vom kalten Glas, lehnt sich zurück und lächelt, weil die Dinge ihm plötzlich so einfach scheinen.

4.
Intimität

Die Kerzen brannten alle noch, als Max Mohn und Ingrid das Geburtstagsfest des Agenturleiters verließen. »Es ist gleich halb zwölf!« hatte er ihr zugeflüstert, während draußen auf der Terrasse ein paar betrunkene Werbeassistenten Feuerwerk abbrannten. »Wir haben der Babysitterin versprochen, spätestens um Mitternacht zu Hause zu sein.« Ingrid hatte genickt, und dann hatte sie sich ein letztes Glas Weißwein einschenken lassen. »Un dernier pour la route!« hatte sie gerufen, während Max im Obergeschoß die Mäntel holte. Dann war sie aufgestanden, hatte ihr Glas gehoben und etwas Witziges gesagt, worauf die ganze Runde lachte, und dann hatten Ingrid und der Agenturleiter einen langen, warmen Blick gewechselt. Selbstverständlich hatten sie sich rechtzeitig voneinander abgewandt, und Ingrid war sogar hinaus auf die Terrasse gegangen, aber es half nichts: Als Max mit den Mänteln zurückkehrte, hatte er sofort Witterung aufgenommen. Dieser warme, lange Blick hatte mitten im Raum gehangen, auch ohne die zwei zugehörigen Augenpaare.

Jetzt fuhren sie durch den Regen heimwärts. Max saß am Steuer und Ingrid auf dem Beifahrersitz. Das Auto war ein roter Triumph Spider. Sie hatten ihn vor ein paar Monaten gekauft, als Ingrid nach der Babypause jene Teilzeitstelle als Werbetexterin angenommen hatte. Sie hatte die Autoschlüssel schon früh am Abend Max überlassen, nach dem dritten Glas Weißwein, und natürlich hatte sie daraus einen witzigen Sketch gemacht und ihre huskieblauen Augen gerollt. Alle hatten gelacht, auch Max. Ingrid war die Königin des Abends gewesen.

Max steuerte den Wagen auf die Autobahn, die aus der Stadt hinaus aufs Land führte; allmählich erloschen die Lichter links und rechts, und dann war es dunkel. Ingrid rauchte Zigaretten. Max lenkte das Auto und bemühte sich, Herr seiner Gefühle zu bleiben. Mein Gott, rette mich vor alldem! dachte er. Rette mich vor schwarzgekleideten Grafikern, die nach Las Vegas fliegen, um zu heiraten; rette mich vor Modefotografen, die ihre Zigarette zwischen die Zähne klemmen wie Grace Jones; rette mich vor Le-Corbusier-Liegen und irischem Whiskey und Navy-Boots und Chanel No. 5. Rette mich vor Sushi, Dalmatinerhunden und vor Klosettspülungen, die dir den Hintern gleich mitspülen. Rette mich vor Weinkennern und Literaturliebhabern, vor fliegenfischenden Deutschen, Tango tanzenden Schweizerinnen und – vor allem – vor treulosen Ehefrauen. Dann dachte Max nichts mehr. Er lauschte den Geräuschen der Straße, des Regens und des Autos. Sei-still! Sei-still! Sei-still! flüsterten die Scheibenwischer in ihrem schleifenden Zweivierteltakt, und Max nickte. Heute abend würde er für einmal keinen Streit vom Zaun brechen.

»Weißt du was, Max? Laß uns tanzen gehen! Irgendwo, nur wir zwei! Ich bin noch nicht reif fürs Bett.«

Max räusperte sich. Sei-still! Sei-still! mahnten die Scheibenwischer.

»Weißt du, die Babysitterin ...«

»Wir rufen sie an, ganz einfach!« Ingrid kramte in der Handtasche nach ihrem Telefon. »Sie kann schon mal gehen, und der Kleine schläft für eine Stunde oder zwei allein.«

»Wenn du meinst ...«

»Nein.« Ingrid steckte ihr Telefon wieder in die Tasche und zog scharf den Reißverschluß zu. »Du hast keine Lust. Wenn du keine Lust hast, mag ich auch nicht.«

»Wieso denn nicht? Natürlich habe ich Lust. Der Kleine kann wirklich eine Stunde alleine schlafen, du hast recht. Er wacht ja nachts nie auf.«

»Meinst du?«

»Sicher, laß uns tanzen gehen! Ich tanze zwar wie ein Bär, das weißt du ja. Aber wenn du es erträgst ...«

»Nein, laß gut sein. Fahren wir nach Hause.«

»Wirklich?«

»Aber ja, Max, verdammt noch mal!«

Dann schwiegen sie beide lange Zeit, und Max fragte sich, wieso er ausgerechnet diese Frau geheiratet hatte, die ihm als Wesen so fremd war wie ein exotisches Tier. Wie konnte sie nur neben ihm in diesem Auto sitzen, so glücklich und zufrieden mit ihrem Damenräuschchen? Glaubte sie denn, daß er blind war? daß er nicht gesehen hatte, wie der Agenturleiter ihren Hals gestreichelt hatte, als er ihr in den Mantel half? wie sie ihre Lippen zur Andeutung eines Kusses geschürzt hatte, als sie sich unter der Tür verabschiedeten? Wie hatte es nur so weit kommen können?

Sei-still! Sei-still! mahnte der Scheibenwischer.

Max atmete tief durch und versuchte, seine Kiefermuskeln zu entspannen. Diese Nacht war gefährlich – der Weißwein, der Verrat, der Verzicht. Aber heute würde er es nicht zulassen. Heute würden sie sich beide in den Schlaf retten, ohne daß sie einander an die Kehle fuhren kurz vor der Ziellinie, dem Zähneputzen; heute sollte es nicht zu einem jener erniedrigenden Dramen kommen mit Geschrei und fliegenden Aschenbechern und zersplitternden Möbeln; um jeden Preis würde Max verhindern, daß es zu einer jener stundenlangen, sich hoffnungslos im Kreis drehenden Debatten kam, die erst im Morgengrauen endeten in einer qualvollen, weil halbherzigen Versöhnung. Morgen früh würde er sich nicht schämen müssen, wenn er im Treppenhaus den Nachbarn begegnete.

Sie hatten etwa die Hälfte des Wegs zurückgelegt, als Ingrid hell auflachte. Es war ein glückliches Lachen ohne Bosheit, und Max nahm es mit vorsichtiger Hoffnung auf.

»Hm?«

»Mir ist gerade unsere erste Liebesnacht eingefallen. Weißt du noch?«

»Es war keine Nacht, sondern ein Morgen.«

»Natürlich war's ein Morgen, das weiß ich auch«, sagte Ingrid. Sei-still, sei-still. Sie schwiegen, und im Auto breitete sich gefährliche Ruhe aus. Dann tat Ingrid etwas Überraschendes: Sie fuhr ihm mit der Zunge geschwind über den Hals, vom Schlüsselbein hoch bis zum Ohrläppchen. Ein Schlangenkuß. Max dachte daran, ihr die Zunge abzubeißen. Er würde die Zunge abbeißen und ausspucken, und dann würde sie zwischen Gas- und Bremspedal auf den Teppich fallen und dort zappeln und zukken wie eine Forelle im Sand.

»Erzählst du's mir?«

»Was?«

»Alles. Unsere erste Liebesnacht. Bitte.«

»Meinst du ... machst du Witze?«

»Bitte, Max.«

Er lehnte seinen Kopf gegen die Nackenstütze und räusperte sich. Geschichten erzählen, also gut. Das war jene Disziplin, in der er der Stärkere war.

»Es war an Mariae Himmelfahrt. Tante Olga hatte mich angerufen und gebeten ...«

»Fronleichnam.«

»Stimmt, es war Fronleichnam. Tante Olga hatte mich angerufen und gebeten, daß ich Großvater im Altersheim abhole und im Rollstuhl zur Messe fahre. Es war ein sonniger Morgen Anfang Juni. Ich erinnere mich, daß der Asphalt auf den Straßen dampfte, weil in der Nacht ein Gewitter übers Land gezogen war. Wir hatten noch keine hundert Meter zurückgelegt, als Großvater schon eingeschlafen war.«

»Er war wie ein Baby«, sagte Ingrid. »Kaum fuhr man mit ihm aus, schlief er schon ein.«

»Großvaters Rollstuhl hatte Dreipunktgurten wie ein Rennwagen. Wir schnallten ihn immer fest, damit er nicht aus dem Stuhl kippte.«

»Aber erst, wenn er schlief.«

»Solange er wach war, hat er sich gegen die Gurten gewehrt wie der Teufel. Wir sind also losgefahren, und nach wenigen hundert Metern bist du aufgetaucht – natürlich rein zufällig.«

»Was glaubst du denn?«

»Daß du mir aufgelauert hast.«

Ingrid lachte und steckte sich eine Zigarette an.

»Ich habe dich meinem schlafenden Großvater vorgestellt, und du hast ihn artig angelächelt und sogar einen Knicks gemacht. Dann habe ich seine Altmännerhand genommen und sie dir in die Hand gedrückt, und du hast sie ganz vorsichtig geschüttelt. Das war der Moment, in dem du dich seltsamerweise in mich verliebt hast.«

»Ach ja?«

»Ja. Ich war schon seit vielen Jahren in dich verliebt. Seit wir zusammen am Gymnasium waren.«

»Wer's glaubt.«

»Jedenfalls hast du an jenem Morgen Großvater und mich in die Kirche begleitet. Wir haben den Rollstuhl gemeinsam über die Stufen zum Kirchenportal hochgehievt, und dann haben wir ihn in eine Nische im rechten Seitenschiff geschoben, direkt unter die neunte Station von Christi Leidensweg.«

»Welches ist die neunte Station?«

»Da fällt ihm zum dritten Mal das Kreuz von der Schulter, und er muß es wieder aufheben. Dann hat die Orgel das Ave Maria gespielt, und ich habe plötzlich deine feuchte, heiße Hand in der meinen gespürt. Das Ave Maria muß dich weichgekocht haben. Ihr Protestanten kennt so etwas ja nicht.«

»Das ist nicht wahr! Du hast an mir herumgefummelt!«

»Nein. Niemand hat gefummelt. Du hast mir dein heißes Händchen gegeben, und schuld war das Ave Maria.«

»Und dann sind wir hinausgeschlichen und zu dir gegangen.«

»Genau, kurz vor der Predigt. Ich wußte, daß die Messe noch mindestens eine Stunde dauern würde und daß keine Gefahr bestand, daß Großvater aufwachte. Ich wohnte gleich nebenan. Vor Aufregung habe ich mit dem Wohnungsschlüssel das Schloß nicht gefunden. Als ich es dann geschafft hatte, sind wir ohne Umschweife ins Schlafzimmer gegangen.«

»Wir waren jung.«

»Steckst du mir eine Zigarette an?«

Dann schwiegen Max und Ingrid und zogen an ihren Zigaretten, und der rote Widerschein der Glut sprang auf ihren Gesichtern hin und her wie das Warnlicht an einem Bahnübergang. Der Triumph Spider fuhr über ein Autobahnkreuz mit vielen Brücken und Unterführungen und beleuchteten Schildern, und dann war's wieder dunkel. Max wußte, daß er bald zum Ende der Geschichte kommen würde. Gerne hätte er darüber hinaus weitererzählt, hätte geredet und geredet, bis der Triumph in der Garage stand, hätte weitergeredet im Aufzug, im Flur, beim Zähneputzen und bis in den Schlaf hinein. Aber er wußte, daß es jetzt nicht mehr viel zu erzählen gab. Was jetzt noch folgen würde, wäre – von kleinen Lichtblicken abgesehen – eine einzige Aufzählung von Roheiten und Demütigungen, die sie einander angetan hatten, und zwar in gerechtem, gleichmäßigem Schlagabtausch. Die Affäre mit dem Agenturleiter war nur die jüngste dieser

Demütigungen, aber bestimmt nicht die letzte. Sah diese Frau das denn nicht?

»Erzähl weiter«, sagte Ingrid.

»Naja, was soll ich sagen. Wir haben die ganze Stunde in meinem Schlafzimmer verbracht, und irgendwann sind wir beide eingeschlafen. Eine weitere Stunde später bin ich aufgewacht, weil dein Kopf auf meinem Oberarm lag und die Blutzirkulation unterbrach. Ich habe mich meines Großvaters erinnert, bin aus dem Bett und in die Kleider gestiegen, hinaus auf die Straße und hinüber in die Kirche. Die Messe war natürlich längst zu Ende. Das Kirchenschiff stand leer und riesengroß da. Die Sonne war unterdessen ein ganzes Stück gewandert, und ein Strahl fiel durch die große, bunte Rosette über dem Portal schräg durchs Schiff direkt auf meinen Großvater. Er hing friedlich in seinen Dreipunktgurten unter dem Bild Christi und schnarchte, und ein dünner Faden Speichel spannte sich vom Kinn auf die Krawatte hinunter. Ich habe Großvater ins Altersheim gefahren und einer Pflegerin übergeben, ohne daß er aufgewacht wäre, und dann bin ich zurück zu dir gelaufen. Du schliefst immer noch. Ich habe mich wieder ausgezogen und zu dir gelegt, und dann habe ich dir beim Atmen zugehört, bis du die Augen aufgeschlagen hast.«

»Da war ich schon schwanger«, sagte Ingrid, und Max hörte an ihrer Stimme, daß sie lächelte.

»Hmm«, sagte er. »Seit einer guten Stunde. Hat's noch Zigaretten?«

5.

25 nackte Mädchen

Ingrid und Max hätten einander nicht unbedingt begegnen müssen. Im Universum gibt es tausend Galaxien, um die Sonne kreisen neun Planeten, und die Erde besteht zum größten Teil aus Lava. Darauf schwimmen mehrere Platten erkalteter Erdkruste, und nur auf einer von ihnen steht dieses Städtchen, in dem sie beide aufwuchsen und das Gymnasium besuchten. Das Gymnasium steht am Waldrand über dem Bahnhof, ein entsetzlich rostbrauner Betonbau aus den sechziger Jahren; die Flachdächer sind seit dem Tag der Einweihung undicht, und durch die Fenster heult im Winter klagend der Nordwind. Wenn das Mobiliar seither nicht ausgewechselt wurde, stehen in der Mensa siebenhundert gelbe Schalenstühle an olivgrünen Preßholztischen, und die Serviertabletts sind orange.

»Hast du die beiden gesehen?« Hannes Gross lehnte sich zurück, daß es im gelben Polyester des Schalenstuhls knackte, und zwinkerte Max Mohn zu. Sie schauten zu den Gummibäumen hinüber, hinter denen zwei Mädchen verschwunden waren. »Hast du gesehen, wie weiblich sich die beiden heute wieder fühlen? Das kann nur ein Mädchen, wenn du mich fragst: einen Salat durch die Gegend schieben und sich dabei so richtig weiblich fühlen, von den Fingerspitzen über die Ohren bis hinunter zu den Zehen. Ich kann's nicht. Kannst du das?«

»Was?«

»Dich so richtig männlich fühlen, während du einen Salat durch die Gegend schiebst?«

»Ich esse Pommes frites«, sagte Max wahrheitsgemäß. Die Wahrheit war aber auch, daß Max sich in seinem ganzen dreizehnjährigen Leben noch nie so richtig männlich gefühlt hatte. Die Wahrheit war, daß er kürzlich im Badezimmer den Spiegel geküßt hatte, um herauszufinden, wie es aus Ingrids Sicht aussehen würde, wenn er sie dereinst umarmte. Und wahr war auch, daß er ihr schon achtunddreißig dicke Briefe geschrieben und keinen je abgeschickt hatte. Irgendwann würde er ihr den ganzen Packen überreichen, und dann würde er sich im Fluß ersäufen.

Es dauerte ein paar Minuten, dann kamen Ingrid und das andere Mädchen mit ihren Tabletts wieder hinter den Gummibäumen hervor. Die Brötchen waren verschwunden, die Salatschüsselchen und die Wasserflaschen leer. »Hallo, ihr zwei Hübschen!« rief Hannes Gross. Max Mohn gefror das Blut in den Adern. *Hallo-ihr-zwei-Hübschen!* Aber Ingrid und das andere Mädchen bemerkten seltsamerweise gar nicht, welch himmelschreienden Schwachsinn Hannes eben von sich gegeben hatte – im Gegenteil: Sie winkten und lachten im Vorbeigehen und blitzten einander aus den Augenwinkeln an. Um sie aufzuhalten, hielt Hannes die flache Hand in die Höhe wie ein Verkehrspolizist.

»Wollen wir am Samstag alle vier zusammen ausgehen? Die Downstairs spielen im Jugendkeller!« Die Downstairs waren eine Schülerband aus dem Nachbarstädtchen, die ziemlich gut Led Zeppelin imitierte und es zu regionaler Berühmtheit gebracht hatte.

»Abgemacht!« Ingrid winkte Max und Hannes über die Schulter hinweg zu, und dann verschwand sie hinter dem Kaffeeautomaten.

Drei Stunden später war die Schule aus. Hannes und Max machten sich auf den Heimweg. Sie schlenkerten mit ihren Ledermappen, kickten Steinchen über den Gehsteig und redeten über irgend etwas. Gerade vor ihnen, kaum einen halben Steinwurf entfernt, liefen Ingrid und das andere Mädchen in der frühlingsblauen Luft heimwärts. Sie trugen natürlich keine Schülermappen, sondern sehr erwachsene Umhängetaschen, die mit indischen oder afrikanischen Motiven bestickt waren.

»Jetzt schau dir die beiden an!« sagte Hannes. »Sag, was du willst – die wissen es einfach!«

»Was?«

»Na, ES! Alles! Daß wir zwei hinter ihnen herlaufen! daß der Himmel blau ist! daß sie zwei Mädchen sind! daß morgen früh die Sonne aufgeht und daß die ganze Welt im selben Takt ein- und ausatmet! Sie wissen ES!«

»... daß-der-Himmel-blau-ist, um Himmels willen. Jetzt hör auf, du bist ja besoffen.«

»Max, mach doch die Augen auf!« Vor Begeisterung umarmte Hannes seine Ledermappe. »Die wissen ES, sage ich dir!«

»Ja, so ist das, du hast ganz recht. Überhaupt spielt die Welt uns beiden übel mit.«

Hannes gluckste und legte Max den Arm um die Schulter, wie er es oft tat. »Max, dir ist wirklich nicht zu helfen. Laß uns über Fußball reden. Oder über nackte Mädchen.«

»Laß uns schweigen. Du hast Würmer im Hirn.«

»Nackte Mädchen, Max, nackte Mädchen! Hast du schon mal ... fünfundzwanzig nackte Mädchen gesehen?«

»Wie – fünfundzwanzig?«

»Fünfundzwanzig nackte Mädchen!« Hannes zog Max an der Schulter zurück, und sie blieben stehen. »Keine Fotos, kein Film! Fünfundzwanzig echte nackte Mädchen aus Fleisch und Blut!«

»Echt?«

»Alle fünfundzwanzig Mädchen von der Obersekunda!«

»Von unserer Obersekunda? Alle?«

»Alle aufs mal«, nickte Hannes. Er zog Max weiter und erklärte ihm die Sache.

Geschehen war's am Donnerstag letzter Woche, nach der Turnstunde. Sie hatten auf dem großen Rasenplatz Speerwerfen geübt, und zum Schluß hatte der Turnlehrer Hannes beauftragt, die Speere einzusammeln und zurück in den Geräteraum zu stellen. Während die anderen Jungs auf gewohntem Weg unter die Dusche gingen, nahm Hannes den langen, muffigen und einsamen Flur, der vom Geräteraum tief ins Innere des Schulhauses führte. Auf halbem Weg blieb er stehen und lauschte. Was war das? Mädchenstimmen? Hannes schaute vor und zurück im grünen Neonlicht des Flurs, aber da waren keine

Mädchen – er war allein. Dann warf er einen Blick in die Höhe. Über seinem Kopf hing ein rechteckiger Lüftungsschacht aus Weißblech, der zu beiden Seiten in den Betonwänden des Flurs verschwand. Die Mädchenstimmen kamen von rechts, und der Lüftungsschacht hing etwa fünfzig Zentimeter unter der Decke; einem behenden jungen Mann mußte es möglich sein, sich bäuchlings auf den Schacht zu legen und nachzusehen, woher die Stimmen kamen. Selbstredend schaffte es Hannes, wie er grundsätzlich immer alles schaffte, und so stellte er fest, daß über dem Schacht eine fünfzig Zentimeter hohe Lücke durch die Wand führte und daß jenseits der Wand die Mädchengarderobe des Hallenbads lag. Sie war bevölkert mit den fünfundzwanzig Mädchen der Obersekunda, die wie jeden Donnerstag ihre wöchentliche Schwimmstunde beendet hatten.

»Morgen ist wieder Donnerstag«, sagte Hannes. »Wenn du Lust hast, zeige ich's dir nach der Turnstunde. Ich helfe dir auch beim Hochklettern, falls du's nicht schaffst.«

Der nächste Morgen begann mit einer Doppelstunde Latein, dann folgten je eine Lektion in Physik und Chemie. Nie zuvor war Max bewußt geworden, daß es so viele Mädchen gab in seiner Klasse. Der Saal war bevölkert mit Obersekundanerinnen, und alle waren sie nackt unter ihren Kleidern, und alle würden unausweichlich heute nachmittag um halb drei klitschnaß in der Mädchengarderobe des Hallenbads stehen. Ahnungslos saßen sie in ihren Bänken und kratzten sich mit dem Bleistift im Haar, unschuldig gähnten sie oder zupften unter dem Kleid den Büstenhalter zurecht, stickig und schwindelerregend hing der Moschusduft ihrer Weiblichkeit in der Luft, unerträglich klebrig und zähflüssig rannen die Minuten und Stunden dahin. Als endlich die Glocke schellte, packte Max seine Mappe und stürzte als erster aus dem Klassenzimmer, hinaus an die frische Luft und in die vorübergehende Unbeschwertheit der Mittagspause.

Hannes fand ihn in der Kantine am Stammtisch und setzte sich ihm gegenüber. Da gingen wiederum Ingrid und das andere Mädchen an ihnen vorbei, und wieder war Hannes hingerissen.

»Jetzt schau dir die beiden an!«

»Ja doch.«

»Du meinst vielleicht, die spielen uns was vor. Du meinst, die müßten sich anstrengen, um so wunderbar schwerelos ...«

»Ja doch«, sagte Max. »Ich wünschte nur, du würdest nicht ständig den Frauenkenner markieren. Das ist ja ekelhaft.«

»Ich *bin* ein Frauenkenner, mein Lieber. Ich habe Zwillingsschwestern. Weißt du zum Beispiel, wie Frauen streiten? Soll ich dir erzählen, wie meine Schwestern streiten? Wenn Vanja wütend auf Petra ist – weißt du, was sie dann tut? Sie rennt in Petras Zimmer und macht einen kleinen Riß ins Pferdeposter, das über Petras Bett hängt. Einen winzig kleinen Riß von wenigen Millimetern, und das ist eine schreckliche Strafe, denn die Pferdeposter sind heilig! Verstehst du?«

»Hmm.«

»Und weißt du, was Petra tut, wenn sie den Riß entdeckt?«

»Ich nehme an, sie läuft in Vanjas Zimmer und macht ebenfalls einen kleinen Riß ins Pferdeposter.«

»Genau, du hast's begriffen. Ich zeig's dir gerne mal, wenn du zu mir nach Hause kommst: Die Pferdeposter sind an allen vier Seiten ganz ausgefranst von lauter kleinen Rissen. Wie Teppichränder.«

»Hmm.«

»Und zwischenhinein gibt es bei beiden Postern ein paar lange Risse von vier oder fünf Zentimetern. Das sind die Unfälle.«

»Hmm?«

»Gelegentlich kommt es vor, daß ein Riß etwas zu lang gerät im Eifer des Gefechts; dann solltest du meine Schwestern sehen. Die Täterin erschrickt zu Tode, denn so schlimm wollte sie die andere nun auch nicht bestrafen, und um alles wiedergutzumachen oder um wenigstens das Unrecht auszugleichen, läuft sie zurück in ihr Zimmer und macht in ihr eigenes Pferdeposter einen Riß von exakt der gleichen Länge, und dann ruft sie ihre Schwester, um ihr weinend alles zu gestehen.«

»Ehrlich?«

»Wirklich wahr! Und dann begutachten sie gemeinsam den beiderseitigen Schaden und halten einander in den Armen und weinen und sind glücklich, daß sie zwei Mädchen sind, die einander liebhaben.«

»Hmm.«

Hannes und Max saßen eine Weile schweigend da, und dann war es Zeit für die Turnstunde. Sie spielten Fußball gegen die Jungs vom Lehrerseminar, die sie immer mit Leichtigkeit deklassierten; auch diesmal lief alles wie üblich, aber Max wollte es keinen rechten Spaß machen. Beim Stand von zwölf zu zwei schlich der Uhrzeiger endlich auf halb drei; Hannes holte sich den Ball im eigenen Strafraum und spielte absurd lange auf Ballhalten, er dribbelte übers ganze Spielfeld bis zum gegnerischen Tor und wieder zurück zum eigenen, und als der Lehrer endlich abpfiff, nahm er den Ball unter den Arm und erbot sich, ihn in den Geräteraum zu tragen. Der Lehrer bewilligte das, und daß Max mitging, fiel nicht weiter auf.

Um vierzehn Uhr einunddreißig standen die beiden in kurzen Turnhosen unter dem Lüftungsschacht. Sie lehnten an der kühlen Betonwand, sogen den scharfen Chlorgeruch des Bads ein und lauschten den Stimmen der Mädchen. Alle moralischen Bedenken galten jetzt nichts mehr, zwischen Hannes und Max herrschte das kühle Einverständnis zweier Jäger. Sie nickten einander zu. Dann hielt Hannes Max seine ineinander verschränkten Hände als Kletterhilfe hin, der stellte einen Fuß hinein und stemmte sich in die Höhe, bis er den Lüftungsschacht mit den Händen zu fassen bekam. Dann mußte er das linke Bein zum Schacht hochschwingen, und als er es endlich geschafft hatte und bäuchlings oben lag, bog sich das Blech unter seinem Gewicht, wodurch ein dumpfes, lang nachhallendes Geräusch wie Theaterdonner entstand. Max erschrak, sah sich schon vom Turnlehrer ertappt und an den Ohren vor den Rektor geschleppt, von den Mädchen verhöhnt und von der Schule gewiesen, aber Hannes grinste und machte eine wedelnde Handbewegung zur Garderobe hin. Also robbte Max vorsichtig nach rechts durch den Staub, der zentimeterdick auf dem Lüftungsschacht lag. Der Chlorgeruch wurde immer strenger, die Mädchenstimmen wurden immer klarer, und dann lag das Panorama weit ausgebreitet vor ihm. Er war spät dran: Drei oder vier Mädchen standen schon vollständig gekleidet vor dem Spiegel, richteten mit strengem Blick ihr Haar und zogen mit Kohlestift schwarze Striche unter die Augen; andere schlüpften in die Hosen, nestelten am Büstenhalter oder zogen den Pullover über den Kopf, und die Nachzüglerinnen kamen nackt aus dem Duschraum hervor. Über allem schwebten die Stimmen der fünfundzwanzig Mädchen, die alle gleichzeitig aufeinander einzureden schienen, und alle halfen sie einander mit Cremen und Haarbürsten aus oder flochten sich gegenseitig die Zöpfe. Der Chlorgeruch vermischte sich mit dem Duft von Seifen und Deodorants und Hautcreme, überall blitzte weiße Unterwäsche, trockneten flinke Hände flaumige Büschel schwarzen Schamhaars und runde, kleine Brüste, und mittendrin stand Ingrid. Max wagte kaum zu atmen.

Nach und nach wurde es still in der Garderobe. Als das letzte Mädchen das Licht gelöscht und die Tür hinter sich zugezogen hatte, stieg Max mit Hannes' Hilfe vom Lüftungsschacht hinunter. Sie sahen verlegen aneinander vorbei. Hannes wischte Max den Staub ab, der ihn vom Kinn bis zu den Turnschuhen wie Schimmel bedeckte, und dann liefen sie los. In vier Minuten würde die Französischstunde beginnen. In der Garderobe zogen sie sich aus. Max zog sich nackt aus, Hannes behielt zum Duschen seine Turnhose an, wie er es immer tat. Er hatte die merkwürdige Angewohnheit, sich unter keinen Umständen nackt zu zeigen, weder nach der Turnstunde noch im Strandbad oder sonstwo – aber das ist eine andere Geschichte. Sie stürmten in den Duschraum und drehten die Wasserhähne auf. Schnell füllte sich der Raum mit Dampf.

»Hannes!« rief Max ins Brausen und Gurgeln des Wassers hinein.

»Ja?«

»Ich komme am Samstag nicht mit ins Konzert!«

»Was?«

»Das Downstairs-Konzert! Ich komme nicht mit! Sag das Ingrid!«

»Spinnst du? Wieso nicht?«

»Sag Ingrid, ich sei krank, ja?«

6.

Delphine, Adler, Feuersalamander

Zwei Jahre später saßen Max Mohn und Hannes Gross im rötlichen Halbdunkel des Jugendkellers auf unbequemen Holzfäßchen, rauchten Zigaretten und schauten hinüber zur Tanzfläche. Es war Samstag abend kurz vor Mitternacht; gleich würde der Discjockey das letzte Stück auflegen. Außer ihnen waren da noch drei Dutzend weitere Fünfzehnjährige, und alle waren sie aufgeregt und gelangweilt und hatten den ganzen Abend sehnsüchtig darauf gewartet, daß in ihrem Leben endlich irgend etwas geschehen möge.

Aus den Lautsprechern sang jemand auf englisch von endlosen Nächten in weißem Satin und von nie abgeschickten Liebesbriefen. In der Mitte des Raumes drehte sich eine Spiegelkugel und warf rasende Lichtflecken an die Wände, die Holzfäßchen und die Gesichter. Fünf Mädchen tanzten auf dem Mosaikboden mit weit ausgebreiteten Armen, wie wenn sie davonfliegen wollten. Unter dem hölzernen Wagenrad mit den aufgeschraubten Elektrokerzen spielten zwei Burschen Schach. In der dunkelsten Ecke schmuste ein Pärchen. Die übrigen jungen und Mädchen schlürften Cola, zerfetzten die Plastikbecher zu schmalen Streifen und ritzten mit den Fingernägeln Kerben in die Holzfäßchen, auf denen sie saßen.

»Laß uns gehen, Max«, sagte Hannes. »Laß uns um Himmels willen gehen.«

»Fünf Minuten noch.«

»Bitte. Laß uns gehen.«

»Fünf Minuten.«

»Komm. Wenn sie den ganzen Abend nicht aufgetaucht ist, tut sie's jetzt auch nicht mehr.«

»Wer?«

»Bitte, laß uns gehen. Ich langweile mich zu Tode.«

Hannes und Max liefen durch den langen Gang und durch die Luftschutzkellertür, die Treppe hoch und hinaus in die Nacht. Das Mondlicht spiegelte sich auf den Motorhauben der parkierten Autos, und in der Luft hing der Duft der frisch umgegrabenen Blumenbeete auf den Verkehrsinseln. Es war die erste Frühlingsnacht – oder war's die letzte Winternacht? Denn neben dem Geruch der Blumenbeete war da immer noch der Duft nach Kakao, den der Nordwind im Winter von der nahe gelegenen Schokoladefabrik ins Städtchen trug. Später im Jahr würde der Wind drehen; dann wäre es Zeit für den Duft schmelzenden Teers auf den Straßen, von frisch geschnittenem Rasen im Stadtpark und von austrocknenden Schlammbänken am Fluß.

»Wir beide sollten nicht mehr in den Jugendkeller gehen«, sagte Hannes. »Wir sind zu alt dafür. Oder zu jung.«

Sie liefen eine Welle schweigend nebeneinander her. Aus den Augenwinkeln sah Max, daß Hannes ihm Seitenblicke zuwarf. Es dauerte eine Welle, bis er zu reden anfing.

»Ich bin schon gestern den ganzen Abend im Jugendkeller gewesen, weißt du? Ich war mit ihr verabredet.«

»Mit wem?«

»Es macht dir doch nichts aus?«

»Aber nein. Das hast du mich in den letzten Tagen dreimal gefragt.«

»Ich weiß. Ich hätte mich nicht mit ihr verabredet, wenn es dir etwas ausgemacht hätte.«

»Laß gut sein. Du hast meinen Segen.«

»Wenn du's genau wissen willst ...« – Hannes breitete hilflos die Arme aus – »... der Abend war furchtbar.«

»Ach ja?«

»Es hat schon angefangen, als sie aus dem Bus gestiegen ist. Wir haben uns begrüßt, sie hatte noch nicht einmal beide Füße auf dem Asphalt – und weißt du, was sie getan hat?«

»Nein.«

»Sie hat gelacht, und von da an hatte sie eine Stimme wie eine Fernsehansagerin. ›Das sind die peinlichen ersten Augenblicke unserer Freundschaft‹, hat sie gesagt, und dazu hat sie in mich hineingelächelt wie in eine Kamera; ›wir sind beide aufgeregt und voller Erwartungen und wollen keine Fehler machen. Wir werden nebeneinander herlaufen und nicht wissen, worüber wir reden sollen.‹«

»Das hat sie gesagt?«

»Das hat sie gesagt. Und dann sind wir nebeneinander hergelaufen und haben nicht gewußt, worüber wir reden sollten.«

»Hm.«

»Ich habe gelacht und gedacht, für den Anfang ist das ja ganz lustig. Aber dann ging es so weiter, den ganzen Abend. Als wir zusammen getanzt haben, hat sie sich ganz nah an mich geschmiegt und mir ins Ohr geflüstert: ›Tanzen ist eine seltsame Sache. Wir kennen einander kaum, und doch sind wir einander so nahe, körperlich.‹ Dann haben wir Tischfußball gespielt und hatten eine Menge Spaß – bis sie gesagt hat: ›Spielen ist eine wunderbare Methode, um einander auf unverbindliche Art besser kennenzulernen.‹ Und als ich sie dann nach Hause begleitet habe, hat sie mir zum Abschied die Hand geschüttelt wie eine Politikerin, und dann hat sie gesagt: ›Das wird nichts mit uns beiden. Das läßt sich ganz deutlich an unserer Körpersprache ablesen.‹«

Der letzte Nachtbus zog an Hannes und Max vorüber. Der Fahrer saß im Dunkeln, die Fahrgäste hatten grüne, verwischte Gesichter. Dann war die Straße leer und weit, und Max wünschte, er hätte mit Hannes immer so weiter gehen können.

»Daß diese Stadt jeden Winter so ekelhaft nach Schokolade stinken muß«, sagte Hannes. »Ich kann das nicht ausstehen.«

Max zuckte mit den Schultern. »Was ist schon dabei. Nur Schokolade, nichts weiter.«

Hannes schüttelte den Kopf. »Früher habe den Geruch gemocht, aber jetzt ertrage ich ihn nicht mehr. Verklebt mir die Nasenlöcher. Verklebt mir die Lungen. Verklebt mir das Gehirn. Ich stinke schon selbst nach Schokolade. Ich muß raus aus diesem Kaff.«

»Wohin?«

»Irgendwohin. Wenn's nur nicht nach Schokolade stinkt.«

Nach einer Weile kam ihnen der Nachtbus wieder entgegen. Er mußte an der Endstation kehrtgemacht haben. Diesmal war im Innern alles dunkel und leer. Über der Frontscheibe stand in Leuchtbuchstaben »Dienstfahrt«.

»Nach irgendwas stinkt's überall«, sagte Max. »Wieso soll's hier nicht nach Schokolade stinken?« Hannes lächelte ihn von der Seite an und legte ihm den Arm um die Schulter, und Max machte sich los. »Nach irgendwas stinkt's überall«, sagte er noch einmal.

»Schon gut. Soll ich dir ein Geheimnis verraten? Sie hat seit neuestem eine Tätowierung.«

»Wirklich?«

»Auf dem rechten Schulterblatt. Einen kleinen Feuersalamander.«

»Hast du ihn gesehen?«

»Sie hat ihn mir gestern gezeigt, beim Tanzen. Hübsch. Würdest du dich tätowieren lassen?«

»Nein.«

»Wieso nicht?«

»Ich weiß nicht«, sagte Max. »Ich habe nichts mit Feuersalamandern zu schaffen. Habe noch nie einen gesehen, übrigens auch keinen Adler und keinen Delphin und keinen Skorpion, oder was sich die Leute sonst noch alles stechen lassen.«

»Aber wenn du eine Tätowierung möchtest – was für ein Bild würdest du wählen?«

»Keine Ahnung.«

»Ich auch nicht. Du, ich habe eine Idee!« Hannes blieb stehen. »Du suchst eine Tätowierung für mich aus, und ich suche eine für dich aus!«

Max verdrehte die Augen, aber Hannes war nicht mehr zu bremsen. »Versteh doch, das ist so was wie Blutsbrüderschaft! Wir gehen zusammen in den Tattoo-Shop, und du suchst etwas aus dem Katalog für mich aus, was wirklich zu mir paßt!«

»Aus dem Katalog, um Himmels willen!«

»Ich suche etwas für dich, und du ... nein, stopp, wir machen es ganz anders! Wir zeichnen selbst etwas! Du hast recht, kein Katalog, keine Delphine und keine Feuersalamander – wir machen unsere Entwürfe selbst, und dann lassen wir sie im Tattoo-Shop ausführen! Einverstanden? Gehen wir zeichnen? Jetzt gleich, zu mir?«

Max Mohn und Hannes Gross überquerten den Fluß auf der Holzbrücke, die seit den napoleonischen Kriegen merkwürdigerweise niemand mehr niedergebrannt hat; sie gingen vorbei am Supermarkt, der vor zwei Jahren seine Tore geschlossen hatte, weil fünfzig Meter weiter vorne ein neuer, schönerer eröffnet wurde; vorbei am städtischen Krankenhaus, wo aus einem offenen Fenster heiseres Stöhnen drang; vorbei an den rot beleuchteten Bordellen am Stadtrand, vorbei an den Videoshops, vorbei an den zwielichtigen Elektronikfachgeschäften und den Autozubehörläden, und dann bogen sie ein in das ruhige Einfamilienhausquartier in Südhanglage, in dem Hannes mit seinen Eltern und Zwillingsschwestern wohnte.

Sie schlichen durch den Garten in die Garage und über

die Hintertreppe hoch in Hannes' Zimmer. Er hatte es vor zwei Jahren neu eingerichtet, hatte die ganzen Kindermöbel und den Mickymaus-Kram dem Sperrmüll mitgegeben und ersetzt durch: acht Feuerwehrhelme aus acht verschiedenen Ländern, einen ausgestopften Wanderfalken, eine ausgefranste japanische Flagge, einen Sextanten, einen Schiffskompaß mit Messinggehäuse, einen Weltempfänger, ein Haifischgebiß, ein Nachtsichtgerät der spanischen Armee, einen Eisbärschädel sowie einen Klapptisch und ein Feldbett. Das ganze Zimmer war ein einziges Kuriositätenkabinett. Max betrachtete die Attraktionen, die er so gut kannte, und Ärger stieg in ihm auf. Er hätte sich gewünscht, daß im Zimmer seines Freundes wenigstens zwei oder drei gewöhnliche Gegenstände umhergelegen hätten, eine Kaufhausplastiktüte vielleicht, ein billiger Radiowecker oder ein Paar ausgelatschte Turnschuhe.

Hannes reichte ihm Papier und Farbstifte. Teures Zeichenpapier und teure Grafikerstifte. »Du setzt dich an dieses Ende des Tischs, und ich setze mich hierhin. Ich für dich und du für mich, ja?« Und damit keiner die Zeichnung des anderen sehen konnte, stellte er den Schulatlas in der Mitte des Tischs auf. Dann machte er sich an die Arbeit. Max hatte keine Ahnung, was er zeichnen sollte. Ratlos ließ er seinen Blick durchs Zimmer schweifen.

»Was ist? Mach schon!«

Also skizzierte Max mit dem Bleistift das Nächstliegende: ein Doppeldeckerflugzeug. Es gelang ihm recht gut, in Vorderansicht von links oben, mit Höhen- und Seitenrudern, Fahrgestell und sternförmigem Zwölfzylindermotor hinter dem Propeller, und die Skizze war nicht mehr als fünf Zentimeter groß. Max schob die Farbstifte beiseite und nahm die Tuschfeder zur Hand. Hannes' Tätowierung hatte Farben nicht nötig. Ein paar entschlossene, schwarze Striche würden genügen.

»Fertig?«

»Gleich.«

»Bist du jetzt endlich fertig?«

»Gleich ... jetzt.«

»Zeig her.«

»Du zuerst.«

»Nein, du.«

Und so reichte Max sein Blatt dem Freund. Hannes lachte ihn über den Rand des Schulatlas hinweg an, als er es entgegennahm. Dann betrachtete er die Zeichnung, und das Lachen auf seinem Gesicht erlosch.

»Das ... das ist aber schön. Ich danke dir.«

»Jetzt du.«

»Ich ... ich bin noch nicht fertig.«

»Zeig mir deine Zeichnung.«

»Gib mir zwei Minuten, ja? Ich fange noch mal an, in Ordnung?«

»Zeig mir deine Zeichnung, Hannes!« Max Mohns Stimme überschlug sich.

»Nicht so laut, du weckst meine Eltern!«

»Mir egal! Ich brülle das ganze Quartier aus dem Schlaf, wenn du mir nicht sofort deine Zeichnung zeigst!«

Hannes reichte ihm die Zeichnung über den Schulatlas hinweg. Sie stellte einen Osterhasen aus Schokolade dar.

Der Hase war so braun, wie Schokolade nur sein kann. Um den Hals trug er eine rosa Schleife, er grinste idiotisch und zeigte zwei riesige Nagezähne, und er trug eindeutig Max Mohns Gesichtszüge. Hannes war ein begabter Karikaturist.

»Hör zu, es tut mir leid. Ich dachte ...«

Max stand auf und ging zur Tür.

»Es war doch nur Spaß!« rief Hannes ihm nach. »Hör zu, das war doch alles nur Spaß? Wir haben doch beide nur Spaß gemacht ...«

7.

Sie können einen doch nicht zwingen, oder?

Massimo Maldini war klein und dick und olivbraun. Schon mit siebzehn Jahren quoll ihm krauses Körperhaar überall aus den Kleidern. Er war der einzige Sohn des Fischhändlers im Städtchen. Seine runden, schwarzen Augen riß er beständig weit auf, wie wenn ihm gerade wieder jemand »Fischkopf! Fischkopf!« hinterhergerufen hätte.

Am Gymnasium litt Massimo wie ein Hund. Physik, Chemie und Mathematik waren ihm ein undurchschaubarer Zahlensalat, Latein, Französisch und Englisch unentzifferbare Geheimcodes; in Geographie und Biologie ließ ihn sein Gedächtnis im Stich, er konnte weder zeichnen noch singen, und er war ein schlechter Sportler. Wenn er sich Jahr um Jahr mit Ach und Krach zusammen mit Hannes, Max und Johnny in der Klasse hielt, so verdankte er das ausschließlich seiner unerschöpflichen Ausdauer und seinem zähen Willen. Massimo büffelte rund um die Uhr; nie sah man ihn in der Disco, im Jugendtreff, auf der Kirchentreppe, am Abendverkauf.

»Ich werde Zahnarzt«, sagte er mit der allergrößten Bestimmtheit, wenn man ihn nach seinen Zukunftsplänen fragte.

»Zahnarzt, im Ernst?« sagte Max dann. »Lebenslang anderen Leuten in den Zähnen rumfummeln?«

Massimo nickte ernst. »Ich werde Zahnarzt und eröffne in der Altstadt eine Praxis. Dreihunderttausend Reingewinn pro Jahr, zehn Jahre lang. Macht drei Millionen. Solange wohne ich bei meinen Eltern, macht praktisch null Ausgaben.«

»Und dann?«

»... fahren wir heim nach Sizilien. Meine Eltern, meine zwei Schwestern und ich. Ich kaufe uns ein schönes Weingut, auf dem wir alle arbeiten.«

»Keine Zahnarztpraxis mehr?«

Massimo kniff die Augen zusammen und machte mit dem Mund ein zwitscherndes Geräusch, wie wenn er Speisereste zwischen den Zähnen entfernen würde. »Bis dahin bin ich achtunddreißig. Ich werde heiraten und Kinder haben, und dann werde ich alt werden und sterben.«

*

Am Tag, von dem hier die Rede ist, hatten Massimo, Johnny, Hannes und Max schulfrei. Das Kreiskommando hatte sie aufgeboten zur militärischen Musterung. Es war ein goldener Spätsommermorgen, als sie den Fluß entlang zur Saalsporthalle hochliefen. Hannes trug eine blauweißrote Adidas-Tasche, Massimo hatte die rosa Tennistasche seiner Schwester dabei; Max trug seine Turnsachen in einer Coop-Plastiktüte, Johnny hatte Turnhose, T-Shirt und Frottiertuch um seine Turnschuhe gerollt und trug das Bündel in der linken Hand.

»Ich mache mir keine Sorgen«, sagte Massimo und sah

mit großen Augen zu Hannes, Johnny und Max hoch. »Mich nehmen sie nicht. Ich bin zu klein und zu dick, und ich habe Plattfüße.«

»Mich nehmen sie auch nicht«, sagte Johnny Türler. »Ich bin Drogenkonsument, und ich habe eine Tätowierung am Unterarm. Ich würde militärische Geheimnisse an die Russen verraten.«

»Mich nehmen sie auch nicht«, sagte Hannes Gross. Er war Klassenbester in sämtlichen Fächern und der beste Sportler des Jahrgangs.

»Dich?« Massimo machte sein zwitscherndes Geräusch zwischen den Zähnen. »Dich sollen sie nicht nehmen, mit deiner Bella Figura?«

»Sie werden mich nicht nehmen«, sagte Hannes, »weil ich nicht will.« Er lächelte und zupfte an seinem Ohrläppchen. »Sie können einen doch nicht zwingen. Ich meine, sie können einen doch nicht zwingen, wenn man wirklich nicht will, oder?«

Max sagte nichts zu all dem. Er ahnte, daß sie zumindest ihn würden zwingen können und daß er gegen seinen Willen einen prächtigen Infanteriesoldaten abgeben würde.

Eine Stunde später hatten sie die medizinische Prüfung hinter sich und standen in kurzen Turnhosen auf dem Sportplatz, zusammen mit zweihundert gleichaltrigen Burschen. Sie hatten sich alle gleichzeitig umgezogen – alle zweihundert, außer Hannes; er hatte es wie immer vermieden, sich vor anderen nackt auszuziehen. Als er Hemd und Jeans auszog, kamen darunter schon Turnhose und T-Shirt zum Vorschein, die er zu Hause vorsorglich unter die Straßenkleidung angezogen hatte. Niemand hatte etwas bemerkt, außer Massimo, Johnny und Max, die daran gewöhnt waren; Hannes versteckte seine Schamhaftigkeit mit derselben Geschicklichkeit, mit der andere abgekaute Fingernägel oder schadhafte Zähne verbergen.

Für einen kleinen Trupp Behinderter mit Krücken und Rollstühlen war die militärische Laufbahn bereits zu Ende; sie zogen quer über den Sportplatz dem Ausgangstor zu, wo die Autos ihrer Eltern auf sie warteten. Hannes, Johnny, Massimo und Max rauchten Zigaretten und sahen den Uniformierten hinterher, die mit feldgrauen Schreibmappen geschäftig umherliefen. Gelegentlich ertönte ein Pfiff aus einer Trillerpfeife, und dann rief eine Kasernenhofstimme drei oder vier Namen auf.

»Wenn ich freikomme, spendiere ich eine Runde Bier«, sagte Hannes.

»Wenn ich freikomme, spendiere ich zwei Runden Bier«, sagte Johnny.

»Wenn ich freikomme, gehe ich nach Hause«, sagte Massimo.

Max sagte nichts.

Da ertönte wieder ein Pfiff, und die Kasernenhofstimme rief: »Rekruten Gross, Maldini, Mohn, Türler! Posten Nummer eins – Kletterstangen!«

Sie stießen einander in die Seiten, grinsten und liefen hinüber zu den Kletterstangen.

»Rekrut Gross – Stange eins! Rekrut Maldini – Stange zwo! Rekrut Mohn – Stange drei! Rekrut Türler – Stange vier!«

Sie nahmen vor den Stangen Aufstellung, scharrten mit

den Füßen im Sand und streckten sprungbereit die Arme nach hinten. Als der Pfiff des Unteroffiziers ertönte, geschah nichts – außer daß Massimo Maldini einen kleinen Hüpfer tat und dreißig Zentimeter über dem Sand an der Stange hängenblieb. Johnny, Hannes und Max standen unverändert mit nach hinten gestreckten Armen im Sand und grinsten einander an. Massimo glitt langsam wieder zu Boden; als die Haut seiner Oberschenkel über die Stange glitt, entstand ein zwitscherndes Geräusch, ganz ähnlich wie jenes, das er zwischen seinen Zähnen machte. Der Unteroffizier gab einen langgezogenen Pfiff ab.

»Fehlstart! Alle Mann auf die Plätze!«

Beim zweiten Mal sprangen alle vier gleichzeitig hoch, und dann blieben sie auf Massimos Höhe hängen, bis der Unteroffizier erneut abpfiff. »Fehlstart! Alle Mann auf die Plätze!«

Beim dritten Mal machten Johnny, Hannes und Max ein paar halbherzige Züge die Stange hoch. Dann brachen sie grundlos in Gelächter aus und rutschten hinunter in den Sand, wo sie mit den Köpfen wackelten wie junge Hunde. Nur Massimo lachte nicht. Er stand steif vor seiner Stange, preßte die Lippen aufeinander und starrte mit runden, schwarzen Augen in den Sand.

Der Unteroffizier pfiff und rief: »Fehlstart!«

Beim vierten Versuch tauschten Johnny und Max auf halber Höhe die Stangen und glitten jeder am Platz des anderen wieder nach unten. Der Unteroffizier pfiff und rief: »Fehlstart!« Auch den fünften, sechsten und siebten Versuch mußte der Unteroffizier abpfeifen, und jedesmal rief er mit gleichbleibender Gemütsruhe: »Fehlstart!«

Nach dem zwölften Fehlstart lachten die vier nicht mehr. Johnny Türler schaute sorgenvoll zum Himmel hoch, wie wenn nächstens ein Gewitter losbrechen würde. Hannes Gross nagte an der Unterlippe. Massimo Maldini kochte vor Zorn. Seine runden Oberschenkel waren an den Innenseiten gerötet, auf der Stirn stand ihm der Schweiß, und zwischen Hals und Schlüsselbein pulsten zwei dicke Adern.

Beim dreizehnten Startpfiff tat Hannes einen gewaltigen Sprung, und zweikommaeins Sekunden später schlug er an der Markierung am oberen Ende der Stange an.

Stadionrekord.

Der Rest der Sportprüfung war Formsache. Johnny, Massimo und Max lümmelten über die 100-Meter- und 5000-Meter-Läufe, sie alberten beim Handgranatenwerfen und ulkten beim Kugelstoßen – und Hannes erzielte in fast jeder Disziplin Jahresbestleistung. Massimo und Johnny wurden erwartungsgemäß für dienstuntauglich erklärt, Hannes wurde Fallschirmspringergrenadier und Max Füsilier bei der Infanterie. Zum Abschluß der Musterung erhielt Hannes die Goldene Sportnadel – seine erste militärische Auszeichnung –, und die anderen applaudierten.

»Was hätte ich denn tun sollen?« sagte er, als sie mit ihren Sporttaschen den Umkleideraum betraten. »Wenn ich nicht diese verdammte Stange hochgeklettert wäre, würden wir alle zusammen noch in drei Wochen im Sand stehen.«

»Hmm«, sagte Johnny.

»Ja, schon«, sagte Max.

Massimo sagte nichts.

Massimo, Johnny und Max zogen sich nackt aus und liefen zum weiß gekachelten Duschraum, in dem bereits etwa zwanzig andere Burschen duschten. Sie wußten, daß Hannes noch an seiner Tasche herumnesteln würde, bis alle mit ihren Seifen und Shampoos beschäftigt wären; daß er wohl seine Turnschuhe, die Socken und das T-Shirt, nicht aber seine Turnhose ausziehen würde; und daß er dann blitzschnell zu ihnen unter die Dusche schlüpfen würde, wo ihn in all dem Dampf und Sprühregen und Seifenschaum niemand beachten würde.

So geschah es. Keiner beachtete Hannes' rote Satin-Hose, die ihm klitschnaß am Hintern klebte – keiner, außer Massimo. Er starrte Hannes aus zusammengekniffenen Augen an, seine Nase rümpfte sich, die Oberlippe hob sich, und eine Doppelreihe zusammengebissener Zähne kam zum Vorschein. »Basta! Basta! Basta!« zischte Massimo, und dann sprang er hoch, flog vorbei an drei oder vier duschenden Burschen, schreiend faßte er Hannes mit seinen kurzen, dicken Armen um die Hüfte, die beiden glitten aus und krachten hinunter auf den gekachelten Boden, schreiend schlitterten sie zwischen fremden Füßen hindurch, blonde Athletenglieder verkeilt in olivbraune Bullenläufe, und in der Abflußrinne kamen sie zum Stillstand, umspült vom Schaum von zwanzig verschiedenen Seifen. »Basta! Basta! Basta!« schrie Massimo, und Hannes schrie in besinnungslosem Entsetzen und schlug blind um sich, und dann riß ihm Massimo mit einem einzigen Prankenschlag die Turnhose vom Leib.

*

Von jenem Tag an wurde Hannes nicht mehr gesehen. Am nächsten Tag kam er nicht zur Schule, und weitere zwei Tage später erfuhr die Klasse, daß er die verbleibenden anderthalb Jahre bis zur Matura am Liceum Alpinum in Zuoz absolvieren würde. Seither sind viele Jahre vergangen. Hannes Gross hat es bis zum Hauptmann der Fallschirmspringergrenadiere und zum erfolgreichen Unternehmer gebracht. Johnny Türler verkauft Champagner-Truffes in der elterlichen Konditorei, und Massimo flickt Max seit sieben Jahren die Zähne. Wenn alles gut geht, muß sich Max in drei Jahren einen neuen Zahnarzt suchen.

8.
Fünf Tage pro Woche, oder nur drei?

Es war wie im Zeichentrickfilm: Mitten auf dem Bahnübergang blieb Max Mohns roter Triumph Spider stehen. Über ihm wütete in der Abenddämmerung ein Sommergewitter. Blitze zuckten, traubengroße Hagelkörner sprangen von den Schienen hoch, und höhnisch langsam senkten sich vor und hinter dem Auto die Barrieren. Gleich würde hier ein Intercity-Zug vorbeibrausen. Max fragte sich unnötigerweise, ob die Panne auf Wasser im Zündverteiler zurückzuführen sei und ob der Zug von Westen oder von Osten her kommen würde. Er fühlte, daß der Tod auf dem Rücksitz Platz genommen hatte; gleich würde er ihn auf den Nacken küssen, in sein tröstliches Tuch einwickeln und davontragen in die andere Welt. Aber dann stieß Max doch noch die Wagentür auf, zog aus irgendeinem Grund den Zündungsschlüssel ab und brachte sich im Straßengraben in Sicherheit. Fünf Sekunden später tauchte eine Lokomotive aus dem Gewittervorhang auf, und dann war die Luft voller Kreischen und Funken und Scheppern. Als Max die Augen wieder aufschlug und aus dem Graben kroch, lag der rote Triumph Spider dreihundert Meter weiter vorne zerknüllt am Fuß des Bahndamms. Die Lokomotive war anscheinend unversehrt. Sie war käsegelb, wies große, aufgemalte Löcher auf und machte Werbung für Schweizer Halbhartkäse. Die Tür zum Führerstand ging auf. Der Lokführer stieg hinunter aufs Trassee und verwarf die Hände. Wahrscheinlich fluchte er, aber das war auf diese Entfernung nicht zu hören. Max stellte fest, daß da, wo eben noch sein Auto gestanden hatte, jetzt ein Waggon erster Klasse stand; dessen Fenster leuchteten gelb, und gut angezogene Fahrgäste starrten mit ausdruckslosen Gesichtern auf ihn herunter. Der Hagel hatte aufgehört, jetzt regnete es nur noch. Max lief auf dem glänzenden Schotter zum Lokführer, um die Formalitäten zu erledigen.

*

Ingrid saß auf der vordersten Kante ihres Stuhls am Küchentisch. Sie hielt den Rücken kerzengerade, und ihr blondes Haar sah wie immer frisch gewaschen aus. Ihre Stirn war weiß und wolkenlos, und mit ihren schmalen Händen fuhr sie behende in Formularen und Ausweispapieren umher, die vor ihr auf dem Küchentisch lagen. Max blieb mit triefendem Mantel und durchnäßten Schuhen im Flur stehen und winkte grüßend zur Küche hinein. Zu Ingrids Füßen saß ihr gemeinsamer Sohn auf einer weißen Wolldecke und spielte zufrieden mit seinem Feuerwehrauto. Die ganze Küche glänzte von frisch poliertem Chrom und hochreiner Keramik, daß es einen blendete. Max betrachtete dieses lebende Schaubild kühler Harmonie und perfekter Selbstbeherrschung. Es schien ihm, als ob Ingrid das alles sorgfältig in Szene gesetzt hätte, daß sie die ganze stahlglänzende Idylle absichtlich für den Moment seiner Heimkehr aufgebaut hätte – denn es konnte doch nicht sein, daß diese Frau und ihr Kind den ganzen langen Tag gemeinsam in ungetrübter, ununterbrochener Eintracht und Reinlichkeit verbracht hatten! Das mußte alles von langer Hand geplant sein, inklusive der Sonnenstrahlen, die ausgerechnet jetzt durch die Gewitterwolken in die Küche drangen, alles raffiniert eingefädelt – und zwar nicht etwa, um Max zu erfreuen, sondern um ihn zu beschämen. Bloß, wozu? Wem sollte das nützen? Er zog Mantel und Schuhe aus, dann klimperte er mit dem Autoschlüssel.

»Paß auf, ich muß dir etwas sagen. Der Triumph ist, wie soll ich sagen, kaputt. Ein Intercity-Zug hat ihn zerfetzt. Fünf Sekunden, und ich wäre ...«

»Jaja«, sagte Ingrid. »Hör mal zu. Ich melde gerade den Kleinen für den Kinderhort an. Wir müssen uns endlich entscheiden: Fünf Tage pro Woche, oder nur drei?«

»Fünf. Nein, drei. Oder doch fünf? Was meinst du?«

Ingrid sah Max stirnrunzelnd an. Da fühlte Max ein Zupfen an seinem Hosenbein. Das war sein Sohn, der geduldig darauf gewartet hatte, daß man auf ihn aufmerksam werde. Er war ein ungewöhnlich höfliches Kind, das niemals schrie, quengelte oder weinte. Er war schon wohlerzogen zur Welt gekommen. Schon ab der dritten Lebenswoche hatte er Nacht für Nacht durchgeschlafen, und Ingrid und Max hatten stundenlang wach gelegen in dieser bedrohlichen Stille mit den schrecklichsten Vorstellungen von Strangulation und Vergiftung und Plötzlichem Kindstod. Wenn sie hin und wieder zu ihm hinübergeschlichen waren, um sich zu vergewissern, daß er noch atmete, hatte er oft lächelnd wach gelegen in seinem Bettchen, hatte freundlich ins Leere geschaut mit seinen huskieblauen Augen, und sein Gesicht war alt und jung und weise gewesen wie das eines Außerirdischen. Dann hätte Max gerne gewußt, was für nie gesehene Welten er wohl betrachtete im endlosen Dunkel des Kinderzimmers.

»Weißt du, was mir jetzt gerade passiert ist?« Max setzte sich auf einen Küchenstuhl und nahm den Kleinen auf den Schoß. »Die Eisenbahn hat unser Auto ...«

»Papa Geschichte erzählen«, sagte der Kleine und lächelte Max nachsichtig an. »Rottäppchen. Jetzt.«

»Nein, hör zu. Ich bin doch vorhin mit dem Auto ...«

»Rottäppchen. Jetzt. Papa.«

Max wollte eben das Körbchen mit Wein und Kuchen füllen, als Ingrid einen kleinen, scharfen Zischlaut von sich gab. »Laß das, Max. Bitte, bitte laß das. Ich kann deine ewigen Geschichten nicht mehr hören. Könntest du nicht bitte still sein? Könntest du nicht mir zuliebe lange, lange still sein?«

»Kann ich. Kein Problem.«

»Entschuldige. Laß uns die Sache mit dem Kinderhort besprechen.«

»Ja.«

»Ich habe auf alle möglichen Arten versucht, deinen und meinen Arbeitsplan miteinander zu kombinieren. Es hilft alles nichts, sie passen nicht zusammen. Bei uns paßt einfach nie etwas zusammen.«

»Was willst du damit sagen?«

»Ich rede von unseren Arbeitsplänen.«

»Ich weiß schon, wovon du redest.«

»Du bist ein Kindskopf, Max. Für dich dreht sich immer alles um dich.«

»Um uns. Hier geht es um uns.«

»Ach bitte, nicht das schon wieder. Nur weil ich gestern nacht zu müde war ...«

»Wer spricht denn von gestern nacht? Habe ich auch nur im geringsten ...«

»Wenn ich dir nur ein bißchen zu nahe komme, so meinst du immer gleich ...«

»Immer? Gleich? Es geschieht doch so selten, da kann man doch wirklich nicht von ...«

Und so weiter.

Ingrid stand auf und schob den Stuhl vor, daß er gegen die Tischkante knallte, und ihr Sohn streckte ihr aufmunternd das Feuerwehrauto entgegen. Sie lief zweimal vom Einbauschrank zum Fenster und wieder zurück, darin blieb sie stehen und lehnte sich an die Kühlschranktür. Dabei fiel einer der Magnete herunter, die zum Befestigen von Einkaufszetteln dienten. Ingrid hob ihn nicht auf, sondern fuhr sich mit beiden Händen über ihre schönen, nackten Oberarme, wie wenn sie frieren würde.

»Wir sollten uns trennen, Max. Ich habe lange darüber nachgedacht. Laß es uns jetzt tun, ohne Blutvergießen. Der Kleine bleibt hier, und einer von uns beiden zieht aus und bleibt in der Nähe. Wir machen das wie zivilisierte Menschen. Einverstanden?«

»Wie – jetzt gleich?«

Ingrid zuckte mit einer Schulter, nur mit der rechten, und lächelte schief.

»Weißt du, ich bin vorhin wirklich um ein Haar ...«

»Laß, Max. Laß es bitte, bitte gut sein. Ich will es nicht hören.«

»Es ist die Wahrheit. Ich bin vorhin ...«

»Es ist mir egal, ob deine Geschichte wahr ist oder nicht. Sie interessiert mich nicht. Mich interessiert das richtige Leben hier unten auf dem Planeten Erde. Ich interessiere mich für Werbetexte und Globalbudgets und Kinderhorte und Kücheneinrichtungen und Arbeitspläne. Dich interessieren deine Geschichten.«

»Das hier ist keine Geschichte. Gerade vorhin ist ein Intercity-Zug mit etwa hundertzwanzig Stundenkilometern ...«

»Hör auf, Max! Natürlich ist es eine Geschichte! Bei dir wird alles zu einer Geschichte. Ich bin eine Geschichte. Unser Sohn ist eine Geschichte. Das Auto ist eine Geschichte. Dieser Küchentisch ist eine Geschichte. Unser Liebesleben ist eine Geschichte. Alle unsere Hoffnungen sind eine Geschichte, unsere Enttäuschungen sind eine Geschichte. Sogar du selbst bist eine Geschichte. Wenn man dir deine Geschichten wegnähme, wäre gar nichts mehr da. Du wärst leer wie eine alte Einkaufstüte. Und noch etwas: Sogar was *ich* sage, wird zu einer von deinen Geschichten. Immer wenn ich etwas zu dir sage, fühle ich mich, wie wenn *du* den Text geschrieben hättest. Aber vielleicht stimmt das alles gar nicht. Vielleicht ist bei dir auch alles in Ordnung, ich weiß es nicht. Ich will nur einfach nichts mehr davon hören, Max. Es tut mir leid.«

Max schwieg.

»Du willst doch auch nichts mehr von meinen Geschichten hören, oder? Willst du noch irgend etwas von mir hören? Soll ich dir ein paar von meinen Geschichten erzählen, die du noch nicht kennst?«

»Nein.«

»Siehst du. Laß es uns tun, Max. Jetzt gleich, wenn du willst. Wie zivilisierte Menschen.«

Max sah aus dem Küchenfenster. Er stellte fest, daß es aufgehört hatte zu regnen, und er schämte sich dieses praktischen Gedankens. Er hatte Freunde. Die hatten Gästebetten und würden ihm für die ersten Wochen Unterschlupf gewähren.

»In Ordnung. Ich gehe.«

Max hob den Kleinen von seinem Schoß und stellte ihn auf den Küchenboden. Dann ging er zum Wandschrank und nahm seine Reisetasche aus dem obersten Regal. Er packte ein paar Sachen hinein, und nach drei Minuten stand er in seinen nassen Schuhen und seinem nassen Mantel reisebereit in der Küchentür. Der Kleine spielte wieder mit seinem Feuerwehrauto. Ingrid stand noch immer am Kühlschrank und rieb ihre Oberarme.

»Es ist doch nicht zu fassen!« Sie lachte kurz und scharf. »Auch das ist eine Geschichte für dich, sogar das hier! Nicht wahr, Max? Du weißt jetzt schon, daß es eine wunderbare Geschichte ist, was?«

Max schwieg. Ingrid stieß sich vom Kühlschrank ab, und dabei fielen noch einmal zwei Magnete zu Boden, zusammen mit zwei Ansichtskarten. Ingrid ließ ihren Arm unter seinen Mantel gleiten und hielt Max an der Hüfte fest. Dann drehte sie ihn um wie ein Möbelstück, und dann lief sie neben ihm zur Wohnungstür.

»Da hast du deine Geschichte. Bist du jetzt zufrieden?«
Sie zog ihn an den Ohrläppchen zu sich herunter und küßte ihn auf den Mund. Es war ein kühler, sachlicher Kuß, und Max hatte den Verdacht, daß er schon lange geplant gewesen war.

»Ich werde dann mal gehen«, sagte Max.

»Rufst du mich an, vielleicht gleich morgen?«

»Klar. Und am Freitag hole ich den Kleinen ab.«

»Hmm. Nimmst du jetzt den Wagen mit? Überläßt du ihn mir fürs Wochenende?«

9.

Max begegnet dem Teufel

Es war Karfreitag abend. Max Mohn hielt alleine Wache im Nachrichtenraum der Tagesschauredaktion. Falls an jenem Abend irgendwo auf der Welt noch etwas geschehen sollte, würde er die Spätnachrichten, die bereits fertig montiert waren, um eine Kurzmeldung ergänzen. Aber aller Voraussicht nach würde er einen ruhigen Abend verbringen; denn am Karfreitag – das weiß jeder Journalist – geschieht nie etwas. Jedes Jahr bleibt an diesem Tag das große Rad der Geschichte für ein paar Stunden stehen, und zwar merkwürdigerweise nicht nur im christlichen Teil der Welt, sondern auch in den Reichen Mohammeds, Buddhas und Krishnas.

Bleich leuchteten die Bildschirme im Nachrichtenraum, stumm standen die Tintenstrahldrucker der Nachrichtenagenturen in der Reihe: SDA, DPA, REUTERS, AP, AFP, ANSA, APA. Über Kabel und Satelliten war Max Mohn verbunden mit tausend anderen Nachrichtenräumen überall auf der Welt, in denen fremde Männer und Frauen in die Ereignislosigkeit jenes Karfreitags hinaus horchten. Mal gab DPA ein Testsignal von sich, um zu zeigen, daß sie noch da war, dann vielleicht AP oder SDA. Max Mohn war zufrieden. Er wurde fernsehen, sein Sandwich essen und die Agenturdrucker im Auge behalten; und wenn bis Mitternacht nicht noch ein Erdbeben mindestens halb Kalifornien in Schutt und Asche legte, würde er den letzten Zug nehmen und im Speisewagen zwei oder drei Bier trinken, und dann wäre wieder ein Arbeitstag vorbei.

Aber dann ertönten Schritte in der Tiefe des Großraumbüros. Alle Schritte klangen dumpf und laut im Fernsehhaus; das lag daran, daß der Fußboden unter dem Nadelfilz hohl war und daß im Hohlraum ein kilometerlanges Geflecht von grauen, gelben und schwarzen Kabeln lag. Alle Schritte klangen hohl – außer diesen hier. Das waren die leichten Schritte von Fabiola Damian, der jungen, schönen und klugen Kulturredakteurin.

»Hallo? Hallo? Ist da jemand?«

Fabiola Damians Stimme war hell und klar – die Stimme eines glücklichen Menschen, der noch nie gelogen hat und noch nie betrogen wurde; die Stimme einer gesunden und gebildeten jungen Frau, die zuversichtlich daran glaubt, daß die Welt unbedingt ein besserer Ort werden müsse, wenn die Menschen nur endlich gute Bücher lesen und kluge Filme sehen. Ihre Fingernägel schnitt sie nicht rund, sondern gerade, wie eine Französin. Sie war kaum geschminkt, und als einzigen Schmuck trug sie eine Sonnenbrille mit blauen, runden Gläsern im kastanienbraunen Haar. Das Armani-Label am Bund ihrer Jeans hatte sie mit einer Rasierklinge sorgfältig abgetrennt.

»Max!« rief sie. »Grüß mich, küß mich, gratuliere mir!«

»Gerne«, sagte Max.

»Das hier...« Sie riß die Augen weit auf und streckte Max eine Kassette entgegen, »...ist mein Interview mit Salinger.«

»Wie – dem Schriftsteller?«
»Jerome D. Salinger.«
»Lebt der noch?«
»Er läuft Ski. Zur Zeit in Zermatt.«
»Das glaube ich nicht. Der muß doch jetzt mindestens ...« – Max suchte die Decke nach Salingers Geburtsdatum ab – »... hundert Jahre alt sein, oder nicht?«

Fabiola Damian lachte, daß ihre makellosen Zähne aufschimmerten. »Achtundsiebzig ist er und hat seit fünfunddreißig Jahren niemandem mehr ein Interview gewährt. Niemandem, Max! Und ich stampfe in jenem Bergrestaurant auf ihn zu in meinen Skischuhen, quer über die Veranda an den Tisch, an dem er ganz allein sitzt und auf die Skipiste hinunterschaut. Verstehst du, ich stelle mich vor und bitte ihn um ein Gespräch, den Kameramann und den Tontechniker schon im Schlepptau – und er sagt einfach ja! Ich und Jerome D. Salinger, mit diesem albernen Matterhorn im Hintergrund! Versteh doch, Max! Davon habe ich schon als Gymnasiastin geträumt – schon als kleines Mädchen!«

Max Mohn gratulierte, und dann verschwand Fabiola Damian, um ihre frohe Botschaft möglichst vielen weiteren Menschen kundzutun. Noch Minuten später summte der Nachrichtenraum von ihrem Glück; Max verschränkte die Hände hinter dem Kopf. Hätte ein Interview mit Jerome D. Salinger auch auf ihn diese euphorisierende Wirkung gehabt? Hatte er sich überhaupt schon jemals gewünscht, hatte er je davon geträumt, mit irgend jemandem ein Interview zu führen? Max konnte sich nicht erinnern. Und wenn er je einen Wunsch freigehabt hätte, so hätte er sich gewiß nicht ein Interview mit Salinger gewünscht – dann hätte er sich wohl eher gewünscht, gleich selber Salinger zu sein.

Aber da es Feen und Zauberstäbe nicht gab, würde Max in absehbarer Zeit nicht Salinger werden, sondern weiterhin Spätdienst im Nachrichtenraum der Tagesschauredaktion leisten. Um drei Minuten nach Mitternacht würde der Nachrichtensprecher der Nation verkünden: »Den Nachrichtenblock hat Max Mohn zusammengestellt«, und in den darauffolgenden Minuten würden Hunderttausende von Fernsehzuschauern sich am Unterarm kratzen, gähnen und im Badezimmer verschwinden. Und wenn sie dann über den Flur zum Schlafzimmer tappten, würden sie alle die Tagesschau längst vergessen haben, und Max Mohns Namen sowieso. Max war mit einmal sehr unzufrieden mit sich und seinem Leben.

»Ach, Teufel, Teufel, Teufel!« flüsterte er, schwang seine Füße auf den Schreibtisch, lehnte sich im Bürostuhl so weit wie möglich zurück und schloß die Augen. Dann war es dunkel und still. – Plötzlich streifte ein eisiger Luftzug seinen Nacken, und Schwefelgeruch stieg ihm in die Nase. Max Mohn nahm die Füße vom Tisch und stellte die Stuhllehne senkrecht. Brannte irgendwo ein Kabel? Sollte er Alarm schlagen?

Aber da erklangen wiederum Schritte: Bum-Tak, Bum-Tak, Bum-Tak. Bum – der eine Schritt klang dumpf wie alle Menschenschritte auf dem hohlen Boden. Aber der andere, dieses scharfe Tak – war das nicht eher der Auftritt eines Hufs? Max Mohns Nackenhaare sträubten sich. Er machte eine halbe Drehung auf seinem Bürostuhl, und dann sah er den Fernsehdirektor Mischbecher, der mit wehender Krawatte auf ihn zulief.

»Herr Mohn, Herr Mohn, Herr Mohn! Ganz allein auf Deck? Alles klar, keine Eisberge in Sicht?«

»Bisher ist alles ruhig, Chef.«

»So? Merkwürdig. Mir schien, Sie hätten mich gerufen ... na, egal.«

Mischbecher setzte sich rittlings auf einen Stuhl, kniff die Augen zusammen und spitzte sein Mündchen, wie wenn er Max küssen wollte. »Aber was sehe ich denn da, Herr Mohn – was machen Sie für ein Gesicht? Sie sind doch nicht etwa unglücklich? Sind Sie etwa unzufrieden mit Ihrer Arbeit? Langweilen Sie sich gar?«

»Nun ja, wenn Sie mich schon fragen, offen gestanden ...«

»Nur heraus mit der Sprache!«

»Wissen Sie, ich bin jetzt schon fünf Monate hier, und bisher habe ich nichts anderes getan, als den Nachrichtenblock für die Spätausgabe zusammenzustellen. Das ist doch einfach, Sie müssen schon entschuldigen ...«

»Aber natürlich, Fingerübung! Handwerk lernen, mit Haus und Leuten vertraut werden!«

»Gewiß, Chef, das sehe ich ein. Aber wenn ich im Vertrauen zu Ihnen reden darf: Ob dieser Fingerübungen ist fast ein halbes Jahr meines Lebens vergangen, ich bin bereits achtunddreißig Jahre alt und habe noch immer nichts wirklich Wichtiges ...«

»Halt! Stopp! Verstehe!« rief Mischbecher. »Sie möchten etwas Besonderes leisten, habe ich recht? Atlantis entdecken, Aids-Impfung entwickeln, den Balkan befrieden!«

»Machen Sie sich bitte nicht lustig über mich. Urteilen Sie selbst: Welchen Unterschied macht es, ob die Spätausgabe einen Nachrichtenblock hat oder nicht? Wer würde es morgen bemerken, wenn ich heute stürbe?«

»Ich sehe schon, ich sehe schon«, sagte Mischbecher und spitzte das Mündchen. »Genie, Philosophie, jetzt oder nie, wie? Das läßt sich machen, Herr Mohn, das läßt sich machen. Wir wollen ja nicht, daß ein begabter junger Mann wie Sie im Nachrichtenraum versauert. Sagen Sie, nur so aus Neugier: Wer oder was möchten Sie denn am liebsten sein?«

Max Mohn, von dieser Frage überrumpelt, zuckte mit den Schultern. »Na, zum Beispiel Jerome D. Salinger.«

»Salinger!« Mischbecher jubelte. »Wunderbar, ausgezeichnete Wahl! Läßt sich machen, Herr Mohn, läßt sich machen!«

»Im Ernst?« Max Mohn staunte.

»Aber ja! Natürlich müßten wir zuvor ein paar Formalitäten erledigen. Ihr bisheriger Arbeitsvertrag wäre nicht mehr passend, da müßten Sie mir schon etwas anderes unterschreiben.«

»Ja.«

»Und als kleine Gegenleistung müßten Sie mir Ihre Seele überlassen. Aber das ist nur eine Formalität.«

»Selbstverständlich.«

»Sind Sie einverstanden, ja? Würden Sie dann bitte hier unterschreiben, hier auch, und dann noch da und dort?«

Max unterschrieb, und dann gab's Blitz und Donner

und Pulverrauch, und dann war Max Mohn Jerome D. Salinger.

»Wie fühlen Sie sich jetzt?« fragte Mischbecher.

»Ganz gut«, sagte Max. »Ein bißchen hysterisch vielleicht. Und irgendwie, wie soll ich sagen – lendenlahm?«

Mischbecher lachte. »Das ist das Amerikanische, mein Lieber! Das genetische Erbe der Mayflower! Und dann sind Sie ja jetzt auch keine zwanzig mehr.«

Max blinzelte und sah sich im Nachrichtenraum um. »Wo sind nur alle Schreibmaschinen geblieben? Was sind das für Blitze vor den Fenstern? Und wieso läuten die Telefone ununterbrochen?«

Mischbecher lachte aufs neue. »Sie schreiben doch seit dreißig Jahren nichts mehr, Mister Salinger, was brauchen Sie da Schreibmaschinen? An die Blitze vor den Fenstern werden Sie sich gewöhnen. Das sind die Fotografen, die Bilder von Ihnen machen. Und an den Telefonen sind Journalisten, die einen Interviewtermin mit Ihnen möchten. Da läßt sich nichts machen.«

»Aha.«

»Dafür sind Sie jetzt reich, mein Lieber, und berühmt! Ich gratuliere!«

»Danke«, sagte Max. »Aber sagen Sie, wer ist das, dort hinten in der Ecke?«

»Die triefäugige Gestalt im schlecht sitzenden Anzug? Das ist nur Ihr Biograph, den beachten Sie am besten gar nicht.«

»Hm«, sagte Max. »Aber dieses lahme Gefühl in den Lenden – ließe sich das beheben? Könnte ich nicht auch noch ... jung sein, bitteschön?«

Es gab erneut Blitz und Donner und Pulverrauch, und dann war Max Mohn ein junger Jerome D. Salinger. Überall im Raum saßen und standen junge und sehr junge Damen umher, und alle lächelten sie Max an und sahen so schön und klug aus wie Fabiola Damian.

»Wie geht's den Lenden? Besser?«

»Ein bißchen besser. Nicht sehr viel.«

Mischbecher lachte. »Das ist das Amerikanische, wie gesagt. Aber abgesehen davon, wie fühlen Sie sich? Reich, berühmt, jung, begehrt – für heute benötigen Sie meine Dienste wohl nicht mehr. Dann werde ich mich jetzt zurückziehen, wenn's recht ist.«

»Einen Augenblick.« Max hielt Mischbecher am Ärmel seines Nadelstreifenanzugs zurück. »Sie müssen schon entschuldigen, Chef, aber irgendwie befriedigt mich das Ganze nicht recht. Ist das alles nicht ein bißchen – albern?«

Mischbecher spitzte das Mündchen.

»Bitte, ich will nicht undankbar scheinen. Aber das alles hier«, Max Mohn machte eine Handbewegung, die den Biographen, die Telefone, die Fotografen und die jungen Damen umfaßte, »das alles ist mir eigentlich nur peinlich. Wie soll ich sagen? Was ich möchte, ist ...«

Mischbecher musterte stirnrunzelnd seine Fingernägel und sog zischend Luft ein. »Ja, ja, ja, ich weiß. Es ist doch immer das gleiche. Na los, sagen Sie's.«

»Was ich möchte, ist ...«

»... Sinn«, vollendete Mischbecher Max Mohns Satz. »Sie wollen Sinn.«

»Genau.«

»Dann schreiben Sie etwas! Einen Roman vielleicht?«

»Ja, schon. Aber das liefe doch auch wieder auf das hier –«, Max Mohn machte erneut seine Handbewegung zum Biographen, zu den Fotografen und zu den Mädchen hin, – auf das hier hinaus. Äußerlich zumindest. Was ich sein möchte, ist ...«

»... Nelson Mandela«, ergänzte Mischbecher. Es blitzte und dampfte ein drittes Mal, und dann war Max Mohn nicht mehr nur reich, berühmt, jung und begehrt, sondern auch ein Kämpfer für die Humanität. Zwischen den Mädchen und den Fotografen stand jetzt eine ganze Anzahl Kämpfer, die mit ihren Schildern und Lanzen ziemlich viel Raum einnahmen. Als einer mit der Lanze versehentlich ein Mädchen piekste, sagte Max: »Bitte, Chef. Könnten diese Herren ihre Lanzen nicht an der Garderobe ...«

Mischbecher verdrehte die Augen. »Ich weiß, gewaltfrei und so weiter. Wird gemacht.«

Es blitzte und dampfte ein viertes Mal, und dann standen ein paar Dutzend indische Mönche in weißen Gewändern im Büro, die sich mit freundlichem Blick über runde Nickelbrillen hinweg an die Kämpfer und die Damen wandten und ihnen kluge Dinge sagten. Max Mohn beobachtete das Treiben in seinem Büro, rieb sich den Nacken und bedachte, daß er noch vor wenigen Minuten still für sich alleine Nachtdienst geleistet hatte.

»Chef!«

»Ja?«

»Für meinen Geschmack herrscht hier plötzlich ziemlich viel Betrieb. Könnten wir nicht ...«

»Nein, jetzt ist es genug«, sagte Mischbecher. »Das geht alles immer so weiter und ist doch eigentlich recht langweilig auf die Dauer. Ich werde Sie deshalb jetzt gleich mitnehmen, wenn's recht ist.«

Sprach's und spießte Max Mohn mit seinem Dreizack auf, versank mit ihm im hohlen Boden des Fernsehhauses, durch die Tiefgarage hindurch bis hinab in die Hölle, wo er Max in einen Bottich voll siedenden Öls steckte und auf immer und ewig schmoren ließ.

Sieben Minuten später erwachte Max Mohn, weil AP Alarm schlug. Kein wirklich dringlicher Alarm mit acht aufeinanderfolgenden Piepstönen, sondern nur ein vierteldringlicher mit zwei Piepsern. Max stand auf, schüttelte den traumschweren Kopf und lief zum Drucker, um die Meldung zu lesen. Irgendein ehemaliger Präsident der Vereinigten Staaten von Amerika war gestorben. Niemand, an den sich die Fernsehzuschauer erinnern würden. Max löschte das Licht im Nachrichtenraum und schloß leise von außen die Tür.

10.

Ackermännchen

Der Zivilschutzinstruktor schloß für einen Moment die Augen und schluckte leer. »Ich frage Sie jetzt zum letzten Mal: Was tun Sie, wenn Sie auf freiem Feld von einem nuklearen Ereignis überrascht werden?«

Der junge Mann mit den grünen Haaren und den vielen Ringen im rechten Ohr verweigerte auch diesmal die Antwort. Er hatte den ganzen Morgen kein Wort gesagt; niemand wußte, wie seine Stimme klang. Er grinste dem Instruktor böse ins Gesicht und schnippte mit Daumen und Zeigefinger über den Tisch, wie wenn er einen Brotkrumen entfernen wollte. Stille machte sich breit. Nur das Summen des Hellraumprojektors war zu hören. Neunzehn Augenpaare waren auf ihn gerichtet – die Augen von neunzehn Rückengeschädigten, Magenkranken, Depressiven, Simulanten und Kriegsdienstverweigerern. Unter ihnen waren auch Johnny Türler und Max Mohn. Sie saßen seit vier Stunden im Schutzraum hinter meterdickem Beton, zwanzig Meter unter der Erdoberfläche. Die Luft im Schulungsraum war schlecht. Sie saßen auf harten, ausgedienten Schulbänken, und die Neonröhre hinten links war defekt und schaltete sich dauernd klickend ein und aus.

»Seien Sie bitte vernünftig«, sagte der Instruktor. »Keiner von uns ist zum Vergnügen hier. Sobald Sie die Frage beantwortet haben, geht's hoch ans Tageslicht zum Mittagessen, und die Sanitätsübung am Nachmittag findet im Freien statt. Also: Welche fünf Schritte?«

Der junge Mann schnaubte und verschränkte die Arme. Er rümpfte die Nase und zog die Oberlippe hoch, und vier schadhafte Schneidezähne kamen zum Vorschein. Sein Blick glitt über die neunzehn Männer in ihren schlecht sitzenden, azurblauen Uniformen, die ihn umzingelt hatten und die nur eines von ihm wollten: daß er endlich ausspuckte, was im Fall eines nuklearen Ereignisses zu tun war – nämlich erstens: den Kragen des AC-Schutzmantels hochschlagen. Zweitens: hinter dem nächsten Schutz bietenden Gegenstand in Deckung gehen. Drittens: Druckwelle und Feuersturm abwarten. Viertens: sich gründlich mit AC-Schutzpulver einsprühen. Fünftens: aufstehen und Meldung machen beim nächsten Vorgesetzten.

»Na, dann nicht«, sagte der Instruktor, schaltete den Projektor aus und steckte seinen Filzstift in die Brusttasche. Sein Mund verzog sich in unterdrücktem Ekel. »Der Klügere gibt nach. Nichts wie raus zum Mittagessen!«

Geblendet von der Sonne, tappten die Männer hinaus auf den Übungsplatz wie Bären, die nach dem Winterschlaf ihre Höhle verlassen. Johnny Türler und Max Mohn steckten sich Zigaretten an. Der junge Mann mit den grünen Haaren lief an ihnen vorbei zum Rand des Übungsplatzes, der mit Stacheldraht eingefaßt war.

»Jetzt schau dir die kleine Nervensäge an«, sagte Max. »Führt sich auf, wie wenn er in Kriegsgefangenschaft wäre.«

»Kennst du ihn?« fragte Johnny.

»Klar. Das ist ein Sproß des Ackermann-Clans, einer der jüngsten und typischsten. Thomas Ackermann.«

»Das ist ein Ackermann? Von *den* Ackermanns? Den Wiedertäufern?«

»Genau«, sagte Max.

Die Ackermanns waren seit Jahrhunderten eine der ersten Familien im Städtchen, Händler und Gewerbler in den verschiedensten Branchen, reich geworden durch Geiz und nie erlahmende Arbeitswut. Ihre hervorstechendste Eigenschaft aber war ihr religiöser Eifer. Jeden Ackermann, ob groß oder klein, erkannte man leicht an diesem typischen Glitzern in den Augen. Zwanzig Generationen lang hatten sie mit soldatischer Disziplin den Wiedertäufern angehört. Erst in jüngster Zeit hatten einige Abkömmlinge mit der Familientradition gebrochen; sie waren Krishna-Jünger geworden oder Trotzkisten, Vegetarier, Shiatsu-Experten oder Greenpeace-Aktivisten. Aber eines war ihnen allen geblieben: dieses typische Glitzern in den Augen.

Der junge Mann hatte am Stacheldraht einen schmalen Streifen Rasen entdeckt. Er bettete sein grünes Haar ins Gras, faltete die Hände auf der Brust und schaute inbrünstig hinauf in den wolkenlos blauen Himmel.

»Der kann fliegen«, sagte Johnny. »Wetten? Gleich hebt er ab.«

»Hoffentlich!« sagte Max. »Pech, daß er ausgerechnet unserer Gruppe zugeteilt wurde.«

»Wahrscheinlich hat jede Gruppe ihren Ackermann abgekriegt«, entgegnete Johnny. »Die Ackermanns sind überall. Ich habe sogar im Dschungel von Venezuela ein Exemplar angetroffen. Ganz oben am Orinoko.«

»Wie – von *den* Ackermanns?«

»Fräulein Erna Ackermann, Leiterin der Wiedertäufer-Missionsstation in San Felipe. Der Kleine mit den grünen Haaren wird wohl – ihr Großneffe sein, nehme ich an. Sie war dürr wie eine Bergziege, hatte eine Gesichtshaut wie ein Alligator und eine metallene Stimme, mit der sie im Verlauf der Jahrzehnte sämtliche Indios und Goldgräber in der Provinz zum Wiedertäufertum bekehrt hat.«

»Eine Heilige, wie?«

»Das nicht gerade«, sagte Johnny und kratzte seinen tätowierten Matrosenschädel. »Sie hat von früh bis spät Zigarren geraucht, und die Leute sagten, sie hätte in Caracas einen achtzehnjährigen Liebhaber. Ob's stimmt, weiß ich nicht. Zweimal im Monat ist sie in ihr Motorboot gestiegen und für ein paar Tage spurlos verschwunden. Als ich auf der Missionsstation ankam, saß sie auf der Veranda in einem Schaukelstuhl und putzte einen Revolver. Auf ihrer linken Schulter kauerte ein Äffchen, und an der Wand neben ihr lehnte ein Gewehr. Sie sah aus wie Katharine Hepburn in »African Queen«. Erst hat sie mich lange angeschaut aus zusammengekniffenen Augen. Dann hat sie mit ihrer Zigarre auf mich gedeutet. ›Du bist also ein Türler‹, hat sie gesagt. ›Etwa einer von *den* Türlers? Den Pralinen-Türlers? Dann sag deinem Großvater, daß er ein Wüstling ist.‹«

»Dein Großvater? Ein Wüstling?«

Johnny zuckte mit den Schultern. »Mehr wollte sie

nicht sagen, und ich habe ihn nicht gekannt. Er ist seit dreißig Jahren tot. Ich weiß nur, daß er Diabetiker war und ständig damit drohte, die Konditorei zu verkaufen.«

Das Zivilschutzzentrum lag außerhalb des Städtchens auf einer Heide, auf der das Steppengras wogte. Hier war der letzte brachliegende Flecken Land weit und breit; hier quakten im Sommer die Frösche, während ringsum Supermärkte leergekauft und wieder aufgefüllt wurden. Hier weideten im Winter die Schafe, während ringsum Wohnblocks zerfielen und Bürohäuser in der Sonne glänzten. Seit Jahrzehnten brandete die Zivilisation gegen die unrentable Heide – aber vergeblich: denn das Steppengras war geschützt durch den unabänderlichen Umstand, daß unter ihm die gesamten Trinkwasserreserven der Stadt lagen. Einzig der Aviatik-Verein hatte es Ende der sechziger Jahre geschafft, von der Stadtregierung eine Bewilligung zu erschleichen für den Betrieb eines Sportflugplatzes. Als aber eines Nachts ein Marder ein fingernagelgroßes Loch in die Kraftstoffleitung einer JU-52 fraß, verteilten sich tausendsechshundert Liter Kerosin über das gesamte städtische Wassernetz, und zwar bis hinaus in den entlegensten Abort. Fünf Tage lang herrschten Explosionsgefahr und Wassernot. Dann trafen die Zisternenwagen ein, und die Stadtregierung entzog dem Sportflugplatz die Betriebsbewilligung.

Mitten auf dem Übungsgelände des Zivilschutzzentrums standen zwei lange, hölzerne Tische mit Sitzbänken. Daneben dampfte und duftete die Feldküche. »Ran an den Futtertrog und Mahlzeit, Männer!« rief der Instruktor in ungeschickter Kumpelhaftigkeit; im zivilen

Leben war er Zahnarzt. »In einer Stunde müßt ihr fertig sein, dann kommt der Verwundetentransport!«

Der Instruktor setzte sich an den hinteren der beiden Tische; nicht etwa an den Ehrenplatz am einen oder anderen Ende des Tischs, oder gar längsseits in der Mitte, wie Jesus beim Abendmahl – sondern berechnend bescheiden halbrechts, exakt im Goldenen Schnitt, anbiedernd wie ein Lehrer, der seinen Schülern nächstens das Du aufdrängen wird. Er blieb allein. Die Simulanten reagierten am schnellsten: Sie nahmen am vorderen Tisch Platz, dicht an dicht, so weit wie möglich vom Instruktor entfernt. Ihnen schlossen sich die Dienstverweigerer und die Rückengeschädigten an; nur für die Depressiven war kein Platz mehr am vorderen Tisch. Notgedrungen setzten sie sich zum Instruktor, unter sorgfältiger Einhaltung einer Fluchtdistanz von drei Metern.

Johnny und Max fanden am vorderen Tisch Platz, in der Grauzone zwischen den Verweigerern und den Simulanten. Neunzehn Männer legten die Unterarme auf den Tisch, breiteten ihre Servietten aus und spielten mit dem Besteck. Nur der junge Mann mit den grünen Haaren blieb abseits im Gras liegen.

»He, Ackermann!« rief Johnny. »Ackermännchen! Komm her und iß!«

»Laß ihn«, sagte Max. »Der kommt nicht. Der ist ein Märtyrer, das siehst du doch. Der wartet auf die Löwen. Und bis dahin wird er sein Gewissen bestimmt nicht mit einer Bestechungsmahlzeit belasten.«

Gerechterweise muß man zugeben, daß das Ackermännchen zumindest in diesem Punkt recht hatte. Das

Mittagessen war ein Bestechungsmahl, zubereitet von einem Trupp eingebürgerter Italiener, die ihren ganzen Ehrgeiz darein gesetzt hatten, sich ihrer neuen Nationalität würdig zu erweisen. Es gab Insalata Caprese, Tagliatelle ai Funghi und Bistecca Milanese, dazu San Pellegrino und einen leichten, bekömmlichen Barbera. Johnny und Max schlugen sich die Bäuche voll, und darauf taten sie, was das örtliche Zivilschutzkommando als Gegenleistung von ihnen erwartete: daß sie sich zur Mittagsruhe ins Gras legten und ihre Zigaretten rauchten – und vor allem, daß sie danach zur Sanitätsübung antrabten, ohne zu albern und zu höhnen.

Johnny und Max lagen nebeneinander im Schatten eines Ahornbaums. Der junge Mann mit den grünen Haaren lag etwa zehn Meter zu ihrer Linken reglos in der prallen Sonne, die Hände noch immer über der Brust gefaltet.

»Ich kann mir nicht helfen«, sagte Max. »Das Akkermännchen geht mir auf die Nerven. Dir nicht?«

Johnny zuckte mit den Schultern. »Weiß nicht. Nein.«

Sie schwiegen eine Weile, dann fragte Max: »Was ist aus der Missionarin geworden?«

»Die hat mich eine ganze Weile gepflegt, als ich krank war. Bis mich die Rettungsflugwacht heimgeflogen hat.«

»Und dann?«

»Keine Ahnung. Würde mich nicht wundern, wenn sie noch immer auf dem Schaukelstuhl auf ihrer Veranda säße und hinunter auf den Orinoko schaute. Vielleicht ist sie in der Zwischenzeit gestorben.«

»Ist sie nie nach Hause gekommen? Auf Heimaturlaub?«

»Nein.«

»In all den Jahren nicht?«

»Nie. Sie hatte Angst. Angst vor großen Schiffen, und erst recht vor Flugzeugen. Keinerlei Möglichkeit, zurück nach Europa zu kommen.«

»Wie ist sie dann hinüber nach Amerika gelangt?«

»Mit dem Schiff. Auf der *Andrea Doria*.«

»Die Ackermännin? Auf der *Andrea Doria?*«

Johnny nickte. »Damals war sie noch ein pfirsichhäutiges Mädchen mit langem Hals und einem Kopf voll schöner Gedanken – weite Wildnis, gute Taten, edle Pferde, brennende Herzen und so weiter. Vorgesehen war, daß sie ein Jahr auf der Missionsschule am Orinoko unterrichtete und dann wieder heimkehrte. Die Ackermännin tanzte gerade mit einem schmucken Offizier zu ›Arrivederci Roma‹, als das Schiff von der *Stockholm* gerammt wurde. Am 25. Juli 1956, um genau dreiundzwanzig Uhr nullneun. Die tanzenden Paare kullerten auf dem Parkett wild durcheinander. Die Musiker fielen samt ihren Instrumenten vom Podium. Der Barmann machte eine Flanke über die Bar hinweg und rannte zum nächstliegenden Rettungsboot.«

»Und die Ackermännin?«

»Die ist natürlich als eine der letzten von Bord gegangen. Brachte verirrte Kinder zu weinenden Müttern, flößte hysterischen Männern Schnaps ein, beruhigte die Wartenden vor den Rettungsbooten. Der Schreck fuhr ihr erst am nächsten Morgen in die Glieder, als sie vom Sonnendeck der *Stockholm* aus zuschaute, wie der Bug der *Andrea Doria* im Wasser versank, das Heck gleichzeitig in die Höhe stieg und das Schiffsruder mit den beiden Schrauben ans Tageslicht hob – und dann ebenfalls sank. Die Ackermännin schaute hinunter aufs Wasser, das zu kochen schien von den Millionen von Luftbläschen, die in siebzig Metern Tiefe dem toten Schiff entwichen; sie beobachtete, wie die geretteten Köche und Kellner ihre Schürzen auszogen und ins Meer warfen ...«

»Schürzen? Ins Meer?«

»Die wollten nichts behalten, was dem verunglückten Schiff gehörte. Die Kellner warfen ihre Schürzen ins Meer, die Mechaniker ihre Taschenlampen und Schraubenzieher, die Stewards Zimmerschlüssel und Streichhölzer.« Johnny räusperte sich, und dann schwieg er.

»Und die Ackermännin?«

»Die hat sich in diesem Augenblick geschworen, nie wieder das Festland aus den Augen zu lassen.«

»Hat sie dir das erzählt?«

»Nein. Aber am Orinoko weiß das jeder.«

Kurz nach dreizehn Uhr fuhren fünf Sanitätslastwagen vor. Die Heckplanen flogen hoch. Schwere Stiefel polterten. Sturmgewehre schlugen gegeneinander. Eine Schar Soldaten mit zerlumpten Uniformen sprang von der Ladebrücke. Das waren die Überlebenden des atomaren Erstschlags, den die Rote Armee einer nicht näher benannten östlichen Supermacht geführt hatte. Die Aufgabe der Zivilschützer war es, die Überlebenden zu dekontaminieren und zu verarzten, bevor sie ins Notspital oder zurück zu ihrer Einheit gebracht wurden. Wenn alles rund lief, würde um sechzehn Uhr eine Runde Bier ausgeschenkt.

Johnny und Max verstauten Zigaretten und Feuerzeuge in ihren Brusttaschen und trotteten hinüber zum Sanitätszelt, wo die Tragbahren bereitlagen. Max war ausgebildeter Tragbahren-Vordermann, Johnny ein durchtrainierter Tragbahren-Hintermann; zusammen bildeten sie ein eingespieltes Team, das auch die sinnlosesten Übungen in Rekordzeit bewältigte. Ergeben grinsend liefen sie auf die Überlebenden bei den Lastwagen zu. Diese hatten offensichtlich Befehl, möglichst keinen Schritt zu tun. Sie hatten sich in unmittelbarer Nähe der Lastwagen kreuz und quer ins Gras gelegt. Sie redeten und lachten, und als sie Max und Johnny kommen sahen, winkten sie ihnen zu wie Schiffbrüchige.

Max und Johnny packten den nächstgelegenen Kriegsverletzten an Armen und Beinen und betteten ihn auf die Bahre. Seine Uniform war malerisch zerfetzt wie nach monatelangem Fronteinsatz, er war unrasiert und ungekämmt, und um den Schädel hatte er einen blutgetränkten Verband gewickelt. Man sah ihm an, daß die Sache für ihn ein großer Spaß war.

Max und Johnny liefen los, dem Sanitätszelt zu. Nach wenigen Schritten zog Johnny Max an der Bahre nach hinten. Sie blieben stehen und stellten den Hauptmann ab. »Schau«, sagte Johnny und deutete mit gestrecktem Arm hinüber zum Stacheldraht. Dort ging der junge Mann mit den grünen Haaren langsam übers Gras. Den Blick hatte er gesenkt, als suchte er etwas.

»He, Ackermännchen!« rief Johnny.

Das Ackermännchen blieb stehen, richtete sich hoch auf und schaute hinaus auf den Übungsplatz, auf dem es jetzt von Zivilschützern und Kriegsverwundeten wimmelte. Er zog eine Ordonnanzpistole Kaliber 7.65 Millimeter aus dem Hosenbund, entsicherte sie, nahm den Lauf in den Mund und drückte ab.

11.

Madame Alice

Endlich hatte Max Mohn wieder genügend Geld, um sich eine eigene Wohnung leisten zu können. In den Monaten nach der Scheidung hatte er meist in Gästezimmern von Freunden und Bekannten gewohnt, ein paar Sommerwochen lang auch auf dem Rücksitz seines Autos. Jetzt verfügte er wieder über ein Wohnzimmer mit Sofa und ein Schlafzimmer mit Vorhängen, ein Badezimmer mit einer löwenfüßigen Badewanne und eine Nachbarin ein Stockwerk tiefer, die man im Quartier Madame Alice nannte. Max wollte sich gut mit ihr stellen, um in Frieden leben zu können. Als er das erste Mal bei ihr klingelte, dauerte es eine ganze Welle, bis das ovale Milchglas in der Tür hell wurde. Dann zeichnete sich ein Schatten ab, dessen Umrisse im Näherkommen kleiner und schärfer wurden. Die Tür ging auf, und vor Max Mohn stand Madame Alice. Sie war klein und schmal wie ein zehnjähriger Junge, und sie sah ihn verwundert an aus runden, blassen Augen, die einmal schwarz gewesen sein mochten. Ihr geblümter Rock kam Max bekannt vor; einen ganz ähnlichen hatte seine Großmutter immer getragen. Es war ein richtiger Großmutterrock, dreiviertellang und aus jenem rein synthetischen Stoff geschnitten, der im Dunkeln Funken schlägt. Irgendwo auf der Welt mußte es jemanden geben, der die

Großmütter aller Länder mit diesen geblümten Röcken versorgte.

»Guten Abend, mein Name ist Mohn. Max Mohn. Ich bin Ihr neuer Nachbar. Vom zweiten Stock. Heute eingezogen.«

»Sehr erfreut. Kommen Sie doch für einen Augenblick herein. Ich habe gerade eine Flasche Wein aufgemacht und trinke nicht gern allein.«

Im Flur hing eine Tiffany-Lampe, und aus einem der Zimmer drang Charleston-Musik, leise näselnd und knisternd wie aus einem Trichtergrammophon. Das Wohnzimmer sah aus, wie wenn es Mitte der zwanziger Jahre eingerichtet und seither nicht mehr verändert worden wäre: braune Tapeten, unebene Fensterscheiben, schwere und dunkle Möbel, die über die Jahrzehnte kraft ihres Gewichts zentimetertief in das Holz des Riemenbodens eingesunken waren. Die Töpfe der Zimmerpflanzen hatten weiße Kalkränder, und es roch nach Möbelpolitur und Mottenkugeln. Madame Alice wies Max einen ledernen Klubsessel zu und nahm auf dem Sofa Platz. Unter ihren dunkelgrauen Strümpfen zeichneten sich kantig die Schienbeine ab. Auf dem Salontischchen stand ein Tablett mit zwei Gläsern, in einem Kühlbehälter eine Flasche Weißwein. Es sah ganz so aus, wie wenn Madame Alice Max Mohn erwartet hätte.

»Würden Sie bitte einschenken?«

Ihr Lächeln war angenehm wie eine mütterliche Umarmung. Es war das Bühnenlächeln einer alten Schauspielerin, die eine alte Frau spielt. Madame Alice war Frau Holle. Sie war Rotkäppchens Großmutter, Miss Marple,

Mary Poppins, Grandma Walton. Sie war die Mutter aller Großmütter, und Max war betört wie ein kleiner Junge. Er nahm die Flasche aus dem Kühlbehälter, öffnete sie und schenkte ein. Es war ein teurer, weißer Bordeaux.

»Wissen Sie, daß früher die Tour de Suisse hier durchgeführt hat?« sagte Madame Alice. »Von diesem Fenster aus habe ich sie alle gesehen: Ferdi Kübler, Eddie Merckxs, Jacques Anquetil...«

»Sie interessieren sich für Radsport?«

»Nein, aber Sie, nicht wahr?«

Max gab es zu.

»Sehen Sie, das weiß ich doch! Gleich hier vor dem Haus hat es 1954 eine wüste Massenkarambolage gegeben, als Garelli der Pneu vom Vorderrad sprang. Drei Rennfahrer haben bei mir im Vorgarten gelegen mit blutenden Händen und aufgeschürften Beinen. Ich bin hinuntergelaufen mit meinem Verbandskasten und habe Erste Hilfe geleistet, und als die Ambulanz kam...«

An jenem Abend führte Madame Alice Max ein in die ungeschriebene Geschichte der Palmenstraße. Er erfuhr, daß die Straße beim Hochwasser 1971 nur noch im Schlauchboot passierbar war; daß die Tatwaffe im Mordfall Kunz im Kohlekeller von Haus Nummer 23 gefunden wurde; daß in Nummer 12 ein russischer Spion von einer Hundertschaft Polizisten verhaftet wurde und daß der blinde Sohn der Familie Fischer dank Disziplin und Willenskraft in Medizin doktoriert hatte.

Kurz vor elf Uhr stand sie auf, um eine zweite Flasche

Wein zu holen. Um halb zwölf bot sie Max das Du an, und um Mitternacht war sie endlich müde.

»Besuche mich wieder einmal, Max!« Zum Abschied gab sie ihm ihre kühle Hand. »Vielleicht wieder an einem Mittwoch?«

Max sagte zu. Unter der Tür schaute sie ihn prüfend an. »Wollen wir unseren *Jour fixe* einführen? Jeden letzten Mittwoch des Monats, jeweils um zehn Uhr abends?«

*

Madame Alice machte ihre Einkäufe immer noch selbst. Jeden zweiten oder dritten Tag stieg sie mit erstaunlichem Getöse die Treppe hinunter, und dann sah Max ihr durchs Wohnzimmerfenster hinterher, wie sie den Gehstock vor sich her schob und den Einkaufswagen hinter sich her zog. Eine Stunde später konnte man hören, wie sie den vollen Wagen unter noch größerem Getöse die Treppe hochschleppte. Wenn Max ihr helfen wollte, so fauchte sie böse und hob drohend den Stock.

Ansonsten war es tagsüber still im Haus. Max stellte fest, daß die Rohre in tiefem Tenor rauschten, wenn der Mieter im Erdgeschoß die Spülung zog. Bei Madame Alice lief das Wasser in fraulichem Alt, und in Max Mohns Wohnung in lächerlich hohem Sopran. Max versuchte sich das zu erklären; er dachte lange nach über Rohrdurchmesser, Wasserdruck, Höhenunterschiede und kommunizierende Röhren, fand aber nie eine schlüssige Erklärung.

Die Stille währte nur bis zur Abenddämmerung. Dann

drang leise Charleston-Musik durch die alten Böden. Plötzlich schrillten Klingeln, Türen gingen auf und fielen ins Schloß, und im Treppenhaus herrschte ein reges Kommen und Gehen, ein Ächzen und Stöhnen, ein Schlurfen und Trippeln, Poltern und Schnaufen, daß es einem unheimlich werden konnte.

Max ließ seine Wohnungstür eine Handbreit offen und horchte. Er lief ohne Grund das Treppenhaus hinunter und wieder hoch. Er saß stundenlang am Wohnzimmerfenster und behielt die Straße im Auge. Nach einer Woche wußte er Bescheid. Es waren fremde, ältere Herren, die abends durchs Treppenhaus stiegen, und alle gingen sie zu Madame Alice. Um sie auseinanderzuhalten, machte Max Notizen: Schwarzer Wollmantel, Grauer Schnurrbart, Doppelkinn. Glatzkopf, Grauer Star auf linkem Auge, Hinkebein. Hoher Blutdruck, Buschige Brauen, Siegelring, Gehstock. Und so weiter. Alices Besucher waren allesamt Vertreter einer längst versunkenen Zeit, da die Männer noch Hut und Mantel trugen und Pfeife rauchten; einer Zeit, da ein Kavalier seiner Dame noch Blumen mitbrachte, und wenn er vom Treppensteigen außer Atem war, so verschnaufte er eine Minute oder zwei, bevor er klingelte. Und wenn die Tür aufging, so sagte er etwas Nettes und wartete, bis man ihn hineinbat.

Jeder hatte seinen *Jour fixe*. Einer kam alle drei Tage, drei oder vier kamen einmal pro Woche, und zehn oder zwölf machten einmal pro Monat ihre Aufwartung. Wie Max.

*

Am letzten Mittwoch des nächsten Monats klingelte Max an Alices Tür. Es war erst wenige Minuten her, daß ein grauhaariger Herr mit grauem Gesicht und grauem Mantel die Treppe hinuntergetippelt war; gut möglich, daß Max seine Körperwärme noch spüren würde, wenn er im Klubsessel Platz nahm. Max hatte seinen besten Anzug reinigen lassen. In der linken Hand hielt er einen Strauß Blumen.

»Oh, Lilien! Vielen Dank!« Sie nahm ihm die Blumen ab und ging voraus durch den Flur. Wiederum standen zwei Gläser und eine Flasche Weißwein auf dem Salontisch. Nachdem sie Platz genommen hatten, beugte Madame Alice sich vor und tätschelte ihm das Knie.

»Du wunderst dich über meine vielen Freunde, nicht wahr?«

Max tat, als hätte er nichts gehört. Er schämte sich für Madame Alice und für sich selbst und machte sich an der Flasche zu schaffen, und dann stießen sie an. Sie unterhielten sich eine Weile, und dann entdeckte Max die schwarzweiße Fotografie eines Hochzeitspaars, die silbern gerahmt auf der Kommode stand. Das Paar sah aus wie Zelda und F. Scott Fitzgerald; die Braut trug ein perlenbesetztes Stirnband, der Bräutigam hatte die Haare mit Öl nach hinten gekämmt, und beide hatten einen Blick von strahlender Innigkeit, den heute niemand mehr hat.

»Die Braut ist hinreißend«, sagte Max. »Bist du das?«

»November 1918. Ja, ich war hübsch. Keine Ahnung, was in der Zwischenzeit passiert ist.«

»Der Bräutigam ist auch nicht schlecht.«

»Mein Bruno. Der schöne Bruno. Ist schon lange tot. Hat nicht viel getaugt als Ehemann.«

Und dann erzählte Madame Alice Max ihre Geschichte.

*

Sie erblickte das Licht der Welt an einem der ersten Sommertage des zwanzigsten Jahrhunderts. Es war kein Tag der Freude auf dem Bauernhof, auf dem sie aufwachsen sollte – sondern ein Tag der Wut, des Schmerzes und des Leids. Es war der erste heiße Junitag nach einem verregneten Mai, und das Gras auf den Wiesen stand kniehoch. Das Blau des Himmels versprach mehrere trockene Tage; schon im ersten Morgengrauen waren die Bauern mit ihren Knechten, Mägden und Kindern auf die Felder gefahren, um Gras zu mähen.

Alices Mutter war allein, als die Wehen einsetzten. Sie war die Meisterin auf dem Hof, eine freudlose, breithüftige und rothaarige Frau von dreiundvierzig Jahren, die ihrem rothaarigen Gatten in den ersten zehn Ehejahren acht rothaarige Söhne geschenkt hatte. Die Bäuerin machte sich keine Gedanken wegen der bevorstehenden neunten Geburt, die spät und eher überraschend kam. Das Kind fühlte sich klein und leicht an in ihrem Bauch; sie war guter Hoffnung, daß die Niederkunft sie nicht länger als zwei Stunden vom Tagwerk abhalten würde. Die Bäuerin trieb die Kühe auf die Wiese und jätete Unkraut im Gemüsegarten. Sie holte die Eier aus dem Hühnerstall, mistete den Kaninchenstall aus und streute frisches Stroh. Und als es an der Zeit war, zog sie ein paar alte Laken aus dem Schrank, breitete sie in der Schlafkammer auf dem Boden aus und legte sich hin. So hatte sie es bei all ihren Geburten gehalten. Sie sah nicht ein, wieso sie für zwei Stunden Bequemlichkeit ihre gute Roßhaarmatratze und ihr schönes Bettzeug ruinieren sollte.

Die Sonne stand schon tief, als der Bauer mit seinen acht Söhnen, den Knechten und Mägden heimkam. Zur Essenszeit setzte er sich zuoberst an den Tisch, und die Bäuerin lief schweigend hin und her mit Töpfen und Krügen. Als der Bauer seinen Teller zum dritten Mal geleert hatte, blieb sein Blick an der Bäuerin haften. Er bemerkte, daß ihr Bauch wieder leer war.

»Das Kind?« fragte er.

»Gesund«, sagte sie. »Ein Mädchen. Alice.«

»Bring es her.«

Also holte die Bäuerin das Bündel und zeigte es dem Bauern. Aus dem weißen Leinen lugten schwarze Augen, schwarze Locken und zwei hellbraune Händchen hervor. Gewiß ist bei Neugeborenen vieles ungewiß, aber soviel war sicher: Dieses Mädchen würde niemals rothaarig werden.

Hinter der harten Stirn des Bauern dämmerte die Erinnerung an jenen schwarzen Burschen, der im Herbst für ein paar Tage bei der Kartoffelernte geholfen hatte. Ein Franzose war das gewesen, ein Italiener oder ein Spanier, irgend so einer, den die Eisenbahn hergebracht hatte. Erstaunt musterte der Bauer die unschöne Gestalt der Bäuerin, und anfangs galt seine Verwunderung weniger der Untreue seiner Frau als dem merkwürdigen Geschmack des Franzosen. Aber dann ballte er die Fäuste, daß die Haut auf seinen Knöcheln weiß wurde. Er knirschte mit den Zähnen, schob heftig den Stuhl zurück und wankte aus der Küche.

Eine Stunde oder zwei lief der Bauer ziellos auf den Feldern umher, die schon sein Großvater und sein Urgroßvater mit ihrem Schweiß getränkt hatten. Er dachte an seine Frau und an den Franzosen, und er versuchte seine Wut zu dämpfen, indem er sich Klarheit verschaffte. Jetzt wunderte er sich nicht mehr über den Franzosen, sondern über die Bäuerin. Den Franzosen verstand er leicht – schon oft genug hatte er seine Kälber, Schafe und Gänse beschützen müssen vor der wahllosen Lüsternheit einsamer Knechte und Tagelöhner. Aber seine Frau, diese freudlose Kröte, die nicht verstand, weshalb Menschen lachen? Dieses Fischwesen, das seine Umarmungen stets reglos erduldet hatte? Die Bäuerin, die ihre Kinder immer nur berührt hatte, um sie zu schlagen oder zu waschen, und die nichts liebte außer ihren Silbermünzen und dem Schlüssel zur Vorratskammer?

Mitten auf dem Acker blieb der Bauer stehen. Er bückte sich, hob eine Handvoll Erde auf und zerkrümelte sie zwischen den Fingern. Er dachte an die Kühe und die Pferde und den Franzosen, an den Kartoffelacker, die Fäulnis auf dem Miststock und seine Söhne, an sich und seine Frau und die Hühner, und daß das alles ein und dasselbe war und daß sein ganzes bisheriges Leben sich ausschließlich um dieses Eine gedreht hatte – und daß es die dumpfe Gleichgültigkeit dieses Einen war, die ihn jetzt so wütend machte. Er ließ die Erdkrumen fallen und ging weiter. Als es dunkel wurde, kam er an der kleinen Scheune vorbei, in der er das Heu für die Pferde aufbewahrte. Er ging hinein, nahm das Hanfseil, das innen am Tor hing, und kletterte hinauf ins Gebälk. Das eine Ende befestigte er am Firstbalken, das andere legte er sich als Schlinge um den Hals. Er sprang in die Tiefe und brach sich beide Beine, weil das Seil zu lang war.

Zwei Nächte und zwei Tage blieb der Bauer unter dem Seil liegen, denn lieber wäre er an Ort und Stelle krepiert, als in seiner peinlichen Lage um Hilfe zu rufen. Als ihn die Bäuerin schließlich zufällig fand, machte sie ungeschickte Versuche in Erster Hilfe, wenn auch nur einhändige, denn auf dem anderen Arm trug sie die kleine Alice. Der Bauer wehrte mürrisch ab, mahlte auf den Backenzähnen und hielt den Blick aufmerksam in die dunkelste Ecke gerichtet, in der ein paar leere Mostflaschen und eine zerbrochene Spitzhacke standen. Endlich erriet die Bäuerin, was sie zu tun hatte, bevor sie den Arzt herbeirief. Sie legte den Säugling in sicherer Entfernung vom Bauern ins Heu, stieg mit ihren Röcken hoch ins Gebälk und löste das Seil vom Firstbalken. Merkwürdigerweise war trotzdem schon Stunden später das ganze Dorf auf dem laufenden über des Bauern mißglückten Todessprung.

Die Knochenbrüche verheilten nach ein paar Monaten, das Hohngrinsen der Dörfler sollte ein paar Jahrzehnte später verblassen. Der Bauer krempelte die Ärmel hoch und stürzte sich schnaubend in die Arbeit, um seine Schande vergessen zu machen. Der Hof blühte und gedieh wie nie zuvor, das Gesinde gehorchte, der älteste

Sohn heiratete. Nach außen hin schienen die Dinge ihren gewohnten, althergebrachten Lauf zu nehmen – aber in den zwei Nächten und Tagen, die der Bauer mit gebrochenen Beinen unter dem Seil verbracht hatte, war ein Wunsch in ihm erwacht: der Wunsch, daß nicht alles in der Welt rothaarig und breithüftig sein möge und daß es noch anderes gebe als das ewige Einerlei von Aussaat, Niederkunft und Fäulnis. Der Bauer beobachtete aus den Augenwinkeln mit widerstrebender Zärtlichkeit, wie Alice auf seinem Hof heranwuchs wie eine zugelaufene Katze. Wenn dieses schwarzlockige, feingliedrige Mädchen trällernd über den Dreschplatz hüpfte und dabei sorgfältig den Pfützen auswich, so ging ihm das Herz auf. Soweit er sich erinnern konnte, hatte auf diesem Dreschplatz nie jemand geträllert.

Stillschweigend setzte sich der Bauer in den Kopf, daß Alice kein Arbeitstier werden sollte, wie er selber eines war. Er beschützte sie vor der dumpfen Geschäftigkeit der Bäuerin, vor dem Geschwätz der Dörfler und bald auch vor der Lüsternheit seiner Knechte und Söhne. Manchmal nahm er sie auf den Schoß, und wenn gerade niemand hinsah, steckte er ihr rasch eine Handvoll gedörrte Äpfel oder Zwetschgen zu.

Die kleine Alice begriff schnell. Je mehr ihr Beschützer sich freute, desto mehr Äpfel und Zwetschgen zauberte er aus der Tasche. Ihre Überlebenschancen wuchsen, je mehr sie trällerte und tanzte, je schwärzer ihr Haar wurde, je länger und feiner ihre Glieder wuchsen. War es der Wille des Bauern oder das Erbgut des Franzosen – jedenfalls wurde Alice von Jahr zu Jahr schöner, nachdenklicher, zärtlicher, südländischer. Wenn sie ihren acht Brüdern bei der Feldarbeit in die Quere kam, so gaben sie ihr nicht etwa Fußtritte, sondern schubsten sie mit gutmütiger Gleichgültigkeit zur Seite wie ein hübsches, aber lahmendes Fohlen, das man noch nicht gleich zum Pferdemetzger bringen mag. Sogar die Bäuerin zeigte sich empfänglich für die Reize ihrer Tochter, wenn auch auf ihre kalte, amphibienhafte Weise. Von Zeit zu Zeit betastete sie kopfschüttelnd Alices schmale Schultern, und nach einigen fehlgeschlagenen Versuchen verzichtete sie gänzlich darauf, sie zum Melken oder Geschirrspülen abzurichten. Nur drei Dinge verlangte die Mutter von Alice: daß sie ihren Rock sauberhielt, sich nicht hinter die Marmeladetöpfe machte und nie, nie alleine ins Dorf ging.

Über ihre Abstammung wußte Alice nichts. Auf dem Hof – der abseits des Dorfs auf einem Hügel stand – hatte sich gnädig der Mantel des Schweigens über die Affäre gelegt. Der Bauer hatte sie in der hintersten Kammer seines Gedächtnisses verstaut. Die acht Söhne und das Gesinde hüteten sich, den schlafenden Zorn des Bauern zu wecken. Und die Bäuerin hatte alles restlos vergessen – den Franzosen, das Seil und überhaupt ihr ganzes bisheriges Leben. Für sie war die Vergangenheit vorbei und die Zukunft noch nicht da, und in der Gegenwart war sie verantwortlich für die Silbermünzen und mußte den Kopf bei der Sache haben.

Wie nicht anders zu erwarten war, nahm die Zeit der Unschuld für Alice mit dem ersten Schultag ihr Ende. Denn selbstverständlich hatten die Dörfler sämtliche Einzelheiten des Skandals sieben Jahre lang in wollüstiger Erinnerung behalten für den Augenblick, da das Franzosenbalg endlich im Dorf auftauchen würde. Am ersten Schultag hingen die Schandmäuler aus den Fenstern. Sie zischten, grölten und kicherten, und die Kinder liefen auf der Straße umher und leierten zotige Reime. Alice staunte, wehrte und schlug sich, eine Woche lang, zwei Monate, ein halbes Jahr. Aber dann verstand sie, daß gegen Dörflergeschwätz kein Kraut gewachsen war. Sie duckte sich und harrte acht Jahre lang aus, und als ihr der Schulmeister eine Lehrstelle bei einem Schneidermeister im nahe gelegenen Städtchen vermittelte, zog sie fort und kehrte nie mehr zurück.

Über die nächsten vier Jahre gibt es nichts zu erzählen. Alice arbeitete von morgens früh bis abends spät in der Schneiderei. Sie zerstach sich sämtliche Fingerkuppen und schlief in einer ungeheizten Bedienstetenkammer unter dem Dach. Sonntags ging sie zur Messe. Vom dritten Wochenlohn kaufte sie sich ein handliches kleines Stellmesser, mit dem sie die Zudringlichkeiten des Meisters abwehrte.

Sie wehrte alle Männer mit Leichtigkeit ab – bis zum Morgen des 23. April 1918. Vom Gehsteig her ging schwungvoll die Tür zum Verkaufsraum auf, und herein kam tänzelnd der schöne Bruno, um einen weißen Leinenanzug für die Sommersaison zu bestellen. Er hatte die Haare mit Öl nach hinten gekämmt, seine Wangen waren hohl, die Wimpern seiden und schwarz. Während der

Schneidermeister an seinen langen, schmalen Gliedern Maß nahm, summte Bruno einen Schlager und grinste schurkisch hinüber ins Atelier, wo die Damen arbeiteten. Die Damen taten geschäftig, wandten sich von ihm ab und warfen einander bedeutungsvolle Blicke zu.

Dann verschwand der schöne Bruno, und Alice glaubte, sie hätte Fieber. Das Fieber stieg, als der Meister ausgerechnet sie mit der Ausführung des Leinenanzugs beauftragte; und endgültig um sie geschehen war es, als der schöne Bruno eine Woche später wiederkam. Er warf sich in den Anzug, drehte und wendete sich vor dem Spiegel, war zufrieden und wünschte die Näherin zu sehen, die das gute Stück angefertigt hatte. Wie von weitem vernahm Alice seine Stimme, wie durch Nebel nahm sie wahr, daß er ihr die Hand küßte, und als er sie hinter dem Rücken des Meisters leise um ein Rendezvous bat, sagte sie gegen ihren Willen: »Ja.«

Von da an gingen Alice und der schöne Bruno zusammen zum Tanz, und zwar jeden Abend, jeden Abend, jeden Abend. Tango, Charleston, Foxtrott. Er war ein begnadeter Tänzer, sie seine gelehrige Schülerin. Sie waren ein Paar von raubtierhafter Schönheit mit ihren vier schwarzen Augen und den acht langen, geschmeidigen Gliedern; wenn sie ins Rampenlicht traten, räumten alle anderen Paare die Tanzfläche. Alice begriff schnell. Sie schnitt ihre langen Zöpfe ab, legte sich einen Bubikopf zu und begann russische Zigaretten zu rauchen an einem ellenlangen Mundstück. Sie war glücklich; sie war Carmen, Mata Hari, Anna Karenina, Julia auf dem Dorfe und Julia in Verona.

Schnell war das Paar berühmt im ganzen Städtchen; sie waren schön und jung und würden nie, nie zu breitnackigen Arbeitstieren werden. Im Sommer fand der schöne Bruno eine Stelle als Zeichner in der Eisenbahnwerkstätte. Im Herbst kapitulierte Deutschland. Der Ewige Friede brach an. Die Rationierung wurde aufgehoben. Und am 23. November 1918 heiratete Alice ihren Bruno.

Wie nicht anders zu erwarten war, stellte sich in der Hochzeitsnacht heraus, daß der schöne Bruno abseits der Tanzfläche keinerlei sinnliches Interesse am weiblichen Geschlecht hatte. Er litt in lückenloser Folge an Migräne, Rheuma, Rückenschmerzen und Magenbrennen, und im Februar 1919 starb er mir nichts, dir nichts an der Spanischen Grippe, trotz Alices aufopfernder Pflege und nach nur drei Monaten nie vollzogener Ehe.

Zum Glück für die junge Witwe hatte er kurz zuvor zu ihren Gunsten eine Lebensversicherung abgeschlossen, so daß sie überraschend in den Besitz eines kleinen Vermögens kam. In der Folge mußte Alice aber erfahren, daß es in Kleinstädten genauso bösartige Idioten gibt wie auf dem Dorfe und daß nichts ihre Geschwätzigkeit so sehr beflügelt wie eine gutaussehende junge Frau im Trauerflor, die nach nur hundert Tagen Ehe zu einem schönen Batzen Geld kommt. Nach kurzem Kampf sah sie ein, daß sie die Schandmäuler niemals zum Schweigen bringen würde; aber wegzuziehen in ein anderes Städtchen, wo ohnehin nur andere Idioten sie erwartet hätten, gab ihr der Kopf nicht zu.

Statt dessen kaufte sie eine kleine Pension unten am Fluß, wo die Reisenden vom Bahnhof her über die Brücke kamen, und verbarrikadierte sich darin. Die Pension war vom ersten Tag an ausgebucht; die Kunde von der glutäugigen Wirtin verbreitete sich schnell im ganzen Land, und wenn fahrende Handwerker oder Handelsleute ins Städtchen kamen, so kehrten sie am liebsten bei ihr ein. Sie gefiel den Männern, wenn sie eine russische Zigarette rauchte oder die Suppe auftischte, mit dem linken Auge zwinkerte und eine verspielte Haarlocke mit genau berechneter Nachlässigkeit in die glatte Stirn fallen ließ. Dann brummelten scheue Handwerkerstimmen vorsichtig anzügliche Späße, die Alice mit scharfer Zunge parierte, und dann dröhnte glückliches Gelächter durch den Speisesaal. Nachts wurde es still, und alle Sehnsüchte schlichen sich die verbotene Treppe hoch in die Privaträume der jungen Wirtin. Aber merkwürdig: Jahr um Jahr verging, Jahrzehnt um Jahrzehnt, und nie wagte es ein Mann, ihr ernsthaft den Hof zu machen. Denn ihr Parfüm war zwar schwer und süß und verlockend, ihre Gestalt auch mit vierzig Jahren noch leicht und jugendlich – aber in ihren Augen ruhten lauernd die Verachtung und der Haß einer um ihr Leben betrogenen Frau. Unter ihrem Blick fühlten sich alle Männer schuldig und unzulänglich; es war die Prophezeiung weiblicher Rache, die die Männer ahnten, und deshalb vermieden sie es nach Möglichkeit, ohne den Beistand eines Geschlechtsgenossen unter Alices Augen zu treten.

Sie blieb allein. Ende der vierziger Jahre stellte sie fest, daß sich in den Augen der Männer eine Veränderung ankündigte; zwar folgten sie noch immer jeder ihrer Bewegungen, wenn sie die dampfenden Teller in die Gaststube trug, aber die Männerblicke wurden allmählich selbstbewußter, frecher, gönnerhaft sogar. Jetzt würde es nicht mehr lange dauern, bis die Mutigsten nach ihrem Rock griffen; dann wäre es nur noch eine Frage der Zeit, bis der erste nachts die verbotene Treppe hochschlich, um sich zu nehmen, was er wollte. Und wenn er anderntags in der Gaststube ins Prahlen geriete, wäre die Raubtierbande nicht mehr zu bändigen. Dann würden Nacht für Nacht Betrunkene an ihrer Schlafzimmertür scharren, sie würden stehlen, zechprellen und aus dem Fenster urinieren, und irgendwann würde einer aus reinem Übermut sein Bett in Brand stecken, und die Pension würde niederbrennen bis auf die Grundmauern.

Alice begriff, daß es eine Frage des Überlebens war. Am Morgen des 12. Februar 1949 herrschte dichtes Schneetreiben. Sie warf sich ihren Pelz über die schmalen Schultern, lief mit federnden Schritten hinüber zum Friseur und befahl ihm, ihr dichtes, schwarzes Haar weiß zu färben. Der Friseur protestierte, jammerte und bettelte, aber dann gehorchte er. Der Erfolg war durchschlagend. Hinaus auf den Gehsteig trat eine alte Frau. Alice machte ihre Einkäufe beim Metzger, beim Bäcker und beim Gemüsehändler, und keiner erkannte sie.

Alice war noch nicht fünfzig Jahre alt, aber von jenem Tag an ging sie am Stock und rauchte keine Zigarette mehr. Sie kaufte ihren ersten Großmutterrock und hörte auf, mit dem linken Auge zu zwinkern. Sie gewöhnte sich ein freundliches Lächeln an, und in ihrem Blick lag keine Verachtung mehr, sondern gütige Ironie.

Die Männer in der Pension waren verwirrt. Zwei oder

drei beglichen sofort ihre Zeche und verschwanden. Einige schlossen sich in ihre Zimmer ein und trauerten wie um eine verlorene Braut. Die übrigen saßen am Mittag bedrückt und eingeschüchtert vor ihren Tellern. Alice war sehr zufrieden. Als aber am Abend ein blonder, junger Bursche auf der verbotenen Treppe saß und trübe an seinem blassen Schnurrbärtchen kaute, sagte sie: »Nanu, was machst du denn für ein Gesicht? Komm auf einen Augenblick mit hoch zu Madame Alice! Ich habe gerade eine Flasche Wein aufgemacht und trinke nicht gern allein.« Zwei Stunden später stieg der junge Mann getröstet und angeheitert wieder die Treppe hinunter, und der Dienstag abend war von da an sein *Jour fixe*.

Zehn Jahre später schloß Madame Alice ihre Pension. Die Pensionäre irrten eine Weile ziellos in den Straßen umher, bis sie eine neue Bleibe gefunden hatten. Jene aber, die einen *Jour fixe* hatten, kehrten immer wieder zu Alice zurück.

*

Drei Tage nach Max Mohns fünfzehntem *Jour fixe* hörte er ein entsetzliches Poltern im Treppenhaus. Das war Alice, die über ihren vollen Einkaufswagen gestolpert und sieben Treppenstufen hinuntergestürzt war. Als er sie fand, lag sie bewußtlos auf dem Zwischenboden, und um sie herum lagen Karotten, Kartoffeln, ein in Cellophan verpacktes Rindsschnitzel und eine Schachtel Pralinen mit dem Aufkleber der Konditorei Türler. Max rief die Ambulanz, und die nahm Alice mit.

Am nächsten Tag war sie wieder da; die Untersuchungen im Krankenhaus hatten außer ein paar Prellungen keinen Hinweis auf eine Verletzung ergeben. Alice nahm ihr gewohntes Leben wieder auf, und während zwei oder drei Tagen schien alles unverändert. Aber dann kam jener Augenblick, da sie Max Mohn im Treppenhaus mit ihrem Stock den Weg versperrte, mit dem linken Auge zwinkerte und sagte: »So long, Cowboy!«

Von da an hörte Max sie trällern zu jeder Tages- und Nachtzeit. Sie rauchte wieder russische Zigaretten. Ihr Haar steckte sie nicht mehr hoch, sondern flocht es zu zwei gespenstisch weißen Zöpfen. Auf der Straße wich sie tänzelnd den Pfützen aus, und als Max an seinem nächsten *Jour fixe* bei ihr klingelte, riß sie die Tür auf und zischte: »Mach, daß du runter kommst in deine Bude, Lausebengel! Du weißt genau, daß du hier oben nichts verloren hast!«

Wie nicht anders zu erwarten war, starb sie zwei Wochen später im Schlaf. Siebzehn alte Männer standen um das Grab, als ihr Sarg blumengeschmückt in die Erde fuhr, und Max stand unter ihnen. Sie warfen einander brüderliche, kleine Blicke zu.

12.

Kleopatra

Als Max Mohns Großvater endlich tot war, atmeten alle auf. In den letzten Monaten seines Dämmerzustands hatte er drei Krankenschwestern gebissen, einem Assistenzarzt ins Gesicht gespuckt und ungezählte Schnabeltassen aus dem Fenster geworfen. Tante Olga, Max Mohns Mutter und Max selbst hatten ihn abwechselnd jeden Tag besucht, und alle drei hatten sie stets inständig gehofft, daß Großvater nicht ausgerechnet während ihres Besuchs aufwachte. Denn wenn er die Augen aufschlug und einen Menschen in seinem Zimmer entdeckte, fing er drohend an zu brummen; dann ging er über in zahnloses, halblautes Mümmeln, das gespickt war mit altmodischen Bauernflüchen, und sein ganzer Körper spannte und bog sich, bis er das Bett nur noch mit den Fersen und dem Hinterkopf berührte. Zum Schluß brach ihm jedesmal die Stimme. Dann kreischte er heiser, bis ihm Tränen hilflosen Zorns über die Wangen liefen und der unglückliche Besucher die Flucht ergriff.

Wenn Max dann im Flur einer Pflegerin oder einem Arzt begegnete, so sprachen sie zu ihm über Blutzuckerwerte, Cholesterinspiegel und Blutdruck. Dabei lächelten sie mit hochgezogenen Brauen, wie um zu sagen: Ich weiß, du schämst dich für deinen Großvater, und du schämst dich, daß du ihm den Tod wünschst. Wir verstehen das schon, denn wir sind hier alle gute und verständnisvolle Menschen.

In seinen letzten drei Tagen schimpfte Großvater nicht mehr, denn er trug eine Sauerstoffmaske über Mund und Nase. Dann kam die Nacht, in der sein Herz die lang erwarteten Bocksprünge machte – genau neunundneunzig Jahre und achtundsechzig Tage nach seiner Geburt. Die Bocksprünge zeichneten sich auf einem Monitor ab und lösten im Dienstzimmer der Nachtschwester Alarm aus. Die Nachtschwester weckte den diensthabenden Assistenzarzt. Die beiden liefen durch den menschenleeren Flur zu Großvaters Zimmer und schlossen der Form halber ein paar Maschinen an. Nach zwanzig Minuten halbherziger Wiederbelebungsversuche stellte der Assistenzarzt den Tod fest, und die Krankenschwester machte das Fenster auf. Alle waren froh.

*

Fünf Tage später fand die Beerdigung statt. Auf der Straße schmolz der Teer, die Blätter der Bäume waren matt und klebrig, und die Kinder fuhren auf ihren Rädern ins Strandbad. Im Innern der Kirche war es angenehm kühl. Max Mohn saß zwischen seiner Mutter und Tante Olga in der vordersten Reihe vor dem Sarg und wartete auf den Pfarrer. Der Sarg stand in einem Meer von Blumen, deren Duft sich mit den Gerüchen von Weihrauch, Möbelpolitur und Javelwasser mischte. Hoch oben im Glockenturm tönte dünn die Totenglocke.

Die Trauergemeinde war klein; Max Mohns Großvater

hatte nicht nur alle seine Brüder und Schwestern überlebt, sondern auch seine Lehrerkollegen, die Kameraden vom Turnverein und die meisten seiner Nichten und Neffen. Tante Olga, Max und seine Mutter waren die einzigen verbliebenen Angehörigen. Hinter ihnen saßen, im Halbdunkel verstreut übers ganze Kirchenschiff, zwölf oder fünfzehn kleine, graue Gestalten, die nach Max Mohns Wissen nicht blutsverwandt waren. Wer waren sie? Dieser zittrige Schatten dort im Persianer – war das vielleicht Großvaters sagenhafte Geliebte, die sich 1932 in die Brust geschossen hatte, als er eine andere heiratete? Jener Greis dort – konnte das der bärenstarke Saufkumpan sein, der ihn 1922 in einem privaten Radrennen nach Rom um drei Stunden geschlagen hatte, nach tausend Kilometern Fahrt, und zwar um den Preis einer Flasche Bier? Und welcher war wohl jener unglückliche Schüler, der unter Großvaters preußischem Unterrichtsstil dermaßen gelitten hatte, daß er ihn noch Jahrzehnte später mit anonymen Drohbriefen bedachte?

»Ich weiß ja, daß immer alle Särge zu kurz scheinen«, flüsterte Tante Olga Max ins Ohr. Sie trug ein schwarzes Deux-pièces mit Hütchen und Schleier und sah aus wie Jackie Kennedy. »Das ist bei jeder Beerdigung so. Aber dieser hier ist wirklich zu kurz. Schließlich war Opa einsachtundsiebzig groß. Findest du nicht?«

»Nein«, sagte Max. »Zu kurz ist er nicht. Aber zu hoch.«

»Das sage ich doch, die Proportionen stimmen nicht! Man möchte meinen, daß Opa dort drin die Knie angezogen hat.«

»Worüber redet ihr?« flüsterte Max Mohns Mutter.

»Tante Olga sagt, daß Großvater mit angezogenen Knien im Sarg liegt.«

Die Mutter rückte von Max ab und legte mißbilligend die Stirn in Falten. Aufmerksam betrachtete sie den Sarg; und als sie sich wieder unbeobachtet glaubte, trat ein böses, kleines Lächeln auf ihre Lippen, wie wenn sie dem Toten den Scherz gönnen möchte.

Endlich setzte die Orgel ein. Durch eine kleine Seitentür tauchte der Pfarrer auf. Vier Ministranten folgten ihm wie Küken der Entenmutter. Der Pfarrer trat an die Kanzel, die Ministranten nahmen links und rechts Aufstellung. Die Orgel verstummte, durch die Trauergemeinde ging ein letztes Räuspern und Husten. Der Pfarrer klopfte mit dem Zeigefinger an sein Mikrofon wie ein Schlagersänger, worauf es aus den Lautsprechern an den Seitenwänden wummerte, und dann war es still. In diesem Augenblick aber geschah es, daß mit einem deutlich vernehmbaren Quietschen das Hauptportal aufging und wieder ins Schloß fiel. Max drehte sich um. Alle drehten sich um. Dort hinten stand Max Mohns Vater – sein Vater, den die Mutter zum letzten Mal gesehen hatte, als sie noch fast ein junges Mädchen und Max ein kleiner Junge gewesen war. Der Vater benetzte Zeige- und Mittelfinger der rechten Hand mit Weihwasser und bekreuzigte sich – gerade weil er nicht gläubig war, wie alle wußten.

»Oh, mein Gott«, sagte Tante Olga. Die Mutter sagte nichts.

*

Wenn Max sich seine Eltern als ein ungetrenntes Paar in Erinnerung ruft, so riecht er sonnenerhitzten Kunststoff – den Kunststoff, mit dem Ende der sechziger Jahre die Sitzbänke eines Peugeot 404 bespannt waren. Er sieht die Hinterköpfe seiner Eltern – über dem Fahrersitz den ausrasierten Nacken des Vaters, rechts den blonden Pagenschnitt der Mutter. An jenem Sommernachmittag beobachtete Max, wie seine Mutter mit der rechten Hand in ihrem Haar umherfuhr; es war ihr Tick, und sie tat es immer und überall, von morgens früh bis abends spät. Sie nannte das ihre »Jagd nach dem Roten Korsaren« – ihre Jagd nach den vereinzelten rostroten Haaren, die sich in ihrem hellblonden Haar verbargen und die ihr irgendein namenloser Vorfahr vererbt haben mochte. Dabei packte sie mit Zeigefinger und Daumen Strähne für Strähne und fuhr daran entlang. Wenn sich ein rotes Haar darin verbarg, so fühlte sie das; denn dieses war nicht dünn und seiden wie alle anderen, sondern dick und rauh wie Roßhaar.

Die Kunststoffsitze des Peugeot 404 waren zum Schmelzen heiß, als Max und seine Eltern einstiegen. Sie hatten eben ein Haus besichtigt, das der Vater zu kaufen beabsichtigte mit Hilfe einer kleinen Erbschaft, die er kürzlich gemacht hatte. Jetzt fuhren sie heimwärts durch eine stadtnahe Hügellandschaft, die über und über mit Einfamilienhäusern bedeckt war. Vor den Häusern standen Birken, Sitzbänke, sorgfältig geschnittene Hecken; da und dort zierten liebevoll restaurierte Bahnsignale die Vorgärten, an anderen Orten stand eine mannshohe Amphore im Rosenbeet oder ein schwarzlackierter Pflug.

»Eher gehe ich auf den Strich, als daß ich hierherziehe«, sagte die Mutter.

»Ich weiß, was du meinst«, sagte der Vater. »Aber das Haus ist in Ordnung.«

»Das Haus ist zum Kotzen.« Die Mutter spuckte ihre Worte aus wie Olivenkerne. »Das Haus ist ein Schluck abgestandenen Tees. Es ist die Rückseite eines Radios. Es riecht nach dem Atem einer Kuh. Es sieht aus wie ein ...«

»Es hat sechs Zimmer, einen großen Keller und zwei Badezimmer«, sagte der Vater. »Doppelt soviel Raum, wie wir jetzt haben. Du bekommst ein Zimmer für dein Klavier, und falls doch noch ein Kind kommt ...«

»Das Haus hat ein schmiedeeisernes Schnörkelgitter vor dem Klofenster, um Himmels willen!«

»Ich schraub's ab, bevor wir einziehen. Du wirst es nie wieder sehen, das verspreche ich dir.«

»Und das ägyptische Mosaik an der rückwärtigen Fassade?«

»Das meißle ich weg. Dauert keine zwanzig Minuten.«

»Was stellt das verdammte Mosaik eigentlich dar? Kleopatra oder Nofretete, oder eine andere von diesen antiken Schlampen?«

»Susanne, bitte.«

»Und die Blautanne im Vorgarten, meißelst du die bitte auch weg, wo du schon dabei bist? Und die Sitzbank aus Granit, und die römischen Terrakotta-Dachziegel, und die Tessiner Grotto-Gemütlichkeit im Wohnzimmer?«

Der Vater lachte, aber seine Hände verkrampften sich auf dem Steuerrad, daß die Knöchel weiß wurden. »Es ist ein gutes Haus, Susanne. Solide gebaut, nicht zu neu und nicht zu alt. Und es liegt genau in unserer Preisklasse.«

»Aber ich will nicht!« Die Mutter schlug mit beiden Fäusten gegen das Handschuhfach. »Ich will mir dieses Haus nicht leisten können, hörst du?«

Der Vater bremste ab. Als der Peugeot am Straßenrand stillstand, griffen sie beide nach ihren Zigaretten und rauchten schweigend zu den Seitenfenstern hinaus. Da der Fahrtwind ausblieb, wurde es im Wageninnern noch heißer. Der Vater war der schnellere Raucher; er schnippte seinen Stummel schon aus dem Fenster, als die Mutter kaum die Hälfte ihrer Zigarette geraucht hatte.

»Wieso nicht, Susanne?«

»Weil es spießig ist.«

»Weißt du, ich hätte auch lieber eine Jugendstilvilla mit Umschwung, oder ein Bauernhaus mit Blick auf die Côte d'Azur.«

»Das Haus ist klein und mies und spießig.«

»Gefällt dir unsere Mietwohnung besser?«

»Das ist etwas anderes. An der Wohnung sind wir nicht schuld. Wir werden da irgendwann ausziehen. Aber dieses Haus ist eine Endstation. Wenn ich mir vorstelle, daß ich darin alt werde und sterbe...«

»Dafür ist's doch noch ein bißchen früh, nicht?«

»... wenn schon nur die leiseste Möglichkeit besteht, daß ich in einem Haus wie diesem alt werde und sterbe, so will ich mich noch heute erschießen.«

Der Vater warf einen raschen Blick zu Max auf die

Rückbank. Er stellte sich schlafend. »Irgendwo müssen wir alt werden und sterben, Susanne.«

»Aber doch nicht ausgerechnet in diesem Haus, mit einem schmiedeeisernen Gitter vor dem Klofenster, und in dieser Nachbarschaft!«

»Was ist falsch an der Nachbarschaft?«

»Das sind doch alles Lehrer! Ein paar Bahnbeamte, zwei oder drei Versicherungsheinis vielleicht, und die anderen sind allesamt Lehrer!«

»Na und?« sagte der Vater. »Ich bin Lehrer, und du bist Lehrerin. Die Lehrer wohnen da, weil sie sich genau diese Gegend leisten können, nicht mehr und nicht weniger. Glaub mir: Wenn wir jemals in unseren eigenen vier Wänden wohnen, dann wird es ein Haus sein wie dieses, in einer Gegend wie dieser.«

Die Mutter schlug die Hände gegen ihre Wangen und nickte erschreckt. Eine Weile schwiegen sie beide. Dann schlug der Vater mit der Hand gegen das Steuerrad. Als er weitersprach, klang seine Stimme gepreßt.

»Susanne?«

»Ja?«

»In was für einer Gegend möchtest du gerne wohnen?«

»Ich weiß es nicht.«

»Möchtest du lieber in einer Gegend wohnen, in der es keine Lehrer gibt?«

Die Mutter wackelte ratlos mit dem Kopf.

»Möchtest du in einem Haus wohnen, das keine schmiedeeisernen Gitter hat und kein ägyptisches Mosaik?«

Die Mutter schwieg.

»Susanne? Beschreib mir das Haus, in dem du wohnen möchtest. Gibt es irgendein Haus auf der Welt, in dem du alt werden und sterben möchtest? Gibt es irgendein Haus auf der Welt, in dem du *mit mir* alt werden möchtest und sterben?«

*

Max Mohns Eltern haben das Haus nicht gekauft. Sie haben nie ein Haus gekauft. Ein halbes Jahr später zog der Vater allein ins Nachbarstädtchen, um am dortigen Gymnasium zu unterrichten. Im folgenden Jahr ließen sie sich einvernehmlich scheiden, und seither vermeiden sie sorgfältig jede Begegnung. Sie wohnen beide zur Miete in komfortablen Altstadtwohnungen, die zwar fünfzig Kilometer auseinander liegen, einander aber auf lächerliche Weise ähneln. Oh, sie sind nicht etwa einsam – der Vater wie die Mutter amüsieren sich gern, sie schließen leicht und schnell Freundschaften, am liebsten mit möglichst amüsanten Menschen. Immer wieder aufs neue bilden sich Gesellschaften von amüsanten Menschen im Wohnzimmer der Mutter, des Vaters. Da wird nächtelang gegessen und getrunken, gelacht und debattiert und gestritten über Wochen, Monate, Jahre – so lange, bis es dem Vater, der Mutter zu dumm und zu langweilig wird. Dann blüht ihnen jeweils die Erkenntnis, daß die amüsantesten Menschen meist auch gequälte und anstrengende Seelen sind. Wie von selbst werden die Einladungen seltener, die unangemeldeten Besuche spärlicher, und dann löst sich die Gesellschaft auf. Die Mutter, der Vater genießen die wiedergewonnene Ruhe und Unabhängigkeit – bis zu dem Moment, da ihnen wieder langweilig wird und in ihrem Wohnzimmer wie von Zauberhand eine neue Gesellschaft Gestalt annimmt.

Und weil sie beide selbst amüsante Menschen sind, fanden sie bei Großvaters Beerdigung Gefallen aneinander. »Weißt du eigentlich, daß ich immer noch verliebt bin in das Mädchen, das du damals warst?« sagte er zu ihr, als die Trauergemeinde den Friedhof verließ. Die Mutter freute sich über das Kompliment, und zum Dank begleitete sie ihn zum Bahnhof. Seither haben sie einander nicht mehr gesehen.

13.

Suleika Lopez' kleiner Zeh

In jenem Frühling verliebte sich Max Mohn endlich wieder, und zwar in eine Italienerin namens Lucia Barbieri, und sie sich in ihn. Sie hatte kurzes, dichtes Haar wie Katzenfell und schwarze Augen, und sie bewegte sich wie eine Eidechse: entweder blitzschnell oder gar nicht. Sie war Pathologin am Städtischen Krankenhaus; in dessen Fluren waren sie mehrmals aneinandergeraten während der langen Monate, in denen Max' Großvater das Sterben verweigerte. An einem Montag morgen kurz vor halb neun Uhr waren sie zusammen Aufzug gefahren, vom Erdgeschoß in die neunte Etage, was achtundvierzig Sekunden dauerte. In dieser Zeit hatten Max und Lucia ihre Ansichten über Leben, Tod und Krankheit ausgetauscht, und Max hatte sie zum Lachen gebracht mit seinem Verdacht, daß Aids eine raffiniert eingefädelte Fiktion der katholischen Kirche sei – daß dieses Virus sich seine Opfer auf zu verdammt katholische Art aussuche, um überhaupt real zu sein.

Darin war der Großvater endlich doch noch gestorben, und Max war noch einmal ins Krankenhaus gegangen und hatte Lucia zum Essen ins beste Restaurant im Städtchen eingeladen. An jenem Abend hatten sie nach Mitternacht noch ein Glas in seiner Wohnung getrunken; dann hatte erst er sie nach Hause begleitet und dann sie ihn. Am Wochenende darauf hatte Lucia Max nach Madrid entführt. Wieder zu Hause, hatte er sie eine halbe Nacht lang durchs Labyrinth der städtischen Kanalisation geführt; und am ersten warmen Frühlingstag hatte sie ihm auf dem Fluß eine Einführung ins Kajakfahren gegeben.

Den Alltag bewältigten sie von Anfang an wie ein gut eingespieltes Ehepaar. Zum Frühstück lasen sie gemeinsam Zeitung und machten sich lustig über Grass, Gates und Gore. An arbeitsfreien Tagen, wenn Max' Sohn in der Schule war, bummelten sie morgens über Flohmärkte, ohne je etwas zu kaufen. Nachmittags fuhren sie auf Fahrrädern über die Heide oder spazierten den Fluß entlang. Abends, wenn der Kleine schlief, tranken sie Rotwein in lärmigen Bars. Und die Nächte verbrachten sie stets bei ihm.

*

Max blühte auf wie ein Baum nach überstandener Zeit der Dürre. In den Jahren seit der Scheidung hatte er sich mit ostentativer Ausschließlichkeit um seinen Sohn gekümmert; seine Arbeitszeiten hatte er nach dem Stundenplan des Kindergartens und später der Schule ausgerichtet, die Wohnung hatte ausgesehen wie ein großes Kinderspielzimmer, und seine Freizeit war ein einziges Vatersein gewesen: kein vorweihnächtliches Kerzenziehen hatte stattfinden können ohne Max Mohn & Sohn, kein Schlittenspaß im Winter, kein Fahrradputztag im Frühling, keine Bootsfahrt im Sommer, keine herbstliche Piratenparty auf dem Robinsonspielplatz. Das hatte ihm zwar die uneingeschränkte Bewunderung der Damenwelt eingetragen, und er hatte die feuchten Blicke genossen, die ihm Mütter und Großmütter auf Kinderspielplätzen und Elternveranstaltungen zuwarfen; aber wenn ihn dann – was alle paar Monate vorkam – eine einsame Alleinerziehende zum Abendessen einlud, so machte er sich stets unter fadenscheinigen Ausflüchten aus dem Staub.

So vergingen die Jahre; hätte jemand Max nach seinem Befinden gefragt, so hätte er vermutlich geantwortet, daß er glücklich sei. Ziemlich glücklich. Und das stimmte wohl. Den Leuten im Städtchen aber kam diese zur Schau gestellte Gluckenhaftigkeit, dieser altjüngferliche Lebenswandel des jungen Mannes unnatürlich vor; und weil ihnen alles Unnatürliche unangenehm war, setzten sie sich ein bißchen zur Wehr. Hinter vorgehaltener Hand tauften sie Max auf den Namen »Mama Mohn«, und wenn er mit vollbepackten Einkaufstaschen am Café Spitz vorbeilief, grinsten sie verstohlen durchs Fenster. Hin und wieder kam es vor, daß ein Witzbold ihm nachts eine Packung Damenbinden in den Briefkasten legte oder ein gebrauchtes Präservativ. Max nahm diese Scherze nicht allzu schwer; er wußte, daß sie nicht wirklich böse gemeint waren, sondern eher als gutmütige Aufforderung zur Rückkehr auf den rechten Pfad.

*

Aber jetzt war Lucia da, und alles war anders. Allein schon Max Mohns Wohnung: Allmählich zogen sich die Spielsachen, die überall umhergelegen hatten, allesamt zurück ins Kinderzimmer, still und von selbst wie Gletscherzungen am Ende der Eiszeit. Im Kühlschrank gab es nicht mehr nur Milch und Cola, sondern auch Weißwein und Champagner. Im Schuhregal standen neben ausgelatschten Männerturnschuhen plötzlich drei Paar neue, glänzend schwarze Herrenlederschuhe; vor dem Spiegel im Badezimmer lagen Töpfchen, Tuben, Dosen und Stifte, und die ganze Wohnung roch plötzlich ... na, irgendwie anders. Sie waren glücklich – nicht nur Max und Lucia, sondern auch sein Sohn, der, endlich befreit von der übertriebenen Fürsorglichkeit seines Vaters, auf dem Spielplatz im Quartier viele gleichaltrige Freunde fand.

*

Aber dann kam es zum Drama. Als Lucia eines Abends von der Arbeit nach Hause kam, saß Max am Küchentisch, auf dem das Abendessen dampfte – und zwar mit dem Rücken zur Tür. Das war ungewöhnlich.

»Na, ganz allein? Wo ist der Kleine?«

»Der hat ab Freitag zwei Wochen Ferien. Ich habe mir gedacht, ich bringe ihn schon heute zu seiner Mutter. Setz dich bitte hin.« Und dann eröffnete Max Lucia unter Schwitzen und Schlucken, daß er sich mit einer anderen Frau eingelassen habe.

Lucia sah ihn erstaunt an. »Das glaube ich nicht.« Sie schüttelte den Kopf, wie wenn Max nichts weiter als eine unwahrscheinliche Wetterprognose abgegeben hätte.

»Ich kann verstehen, wenn du jetzt ...«

»Ach, hör auf.«

»Du hast natürlich das Recht, mich zu ...«

»Stopp. Seit wann?«
»Seit letzter Woche.«
»Wie heißt sie?«
»Wer?«
»Die Großmutter von Juri Gagarin.«
»Bitte, Lucia. Wollen wir jetzt wirklich ...«
»Ja. Wir wollen. Wie heißt sie?«
»Suleika.«
»Suleika. Wie weiter?«
»Lopez.«
»Suleika Lopez?«
»Hm, ja.«
»Seltsamer Name.«
»Ja.«
»Ein äußerst seltsamer Name, findest du nicht?«
»Ihre Mutter ist Russin, ihr Vater Spanier.«
»Aha. Wie sieht sie aus?«
»Bitte, Lucia ...«
»Wie sieht sie aus?«
»Groß, blond, blaue Augen.«
»SULEIKA-LOPEZ-MUTTER-RUSSIN-VATER-SPANIER-GROSS-BLOND-BLAUE-AUGEN«, skandierte Lucia.
»Wie alt?«
»Siebenundzwanzig.«
»Wo hast du sie kennengelernt?«
»Im Zug.«
»Unterwegs zur Arbeit?«
»Sie ist Anlageberaterin bei einer Bank.«
»SULEIKA-LOPEZ-MUTTER-RUSSIN-VATER-SPANIER-GROSS-BLOND-BLAUE-AUGEN-SIEBENUNDZWANZIG-ANLAGEBERATE-

RIN-BEI-EINER-BANK.« Lucia lachte, warf den Kopf in den Nacken und rümpfte die Nase. »BEI-EINER-BANK-AN-DER-BAHNHOFSTRASSE, da wette ich drauf. Dann hat sie wohl auch eine Aktentasche, graue Strümpfe, Chanel-Ohrclips und so weiter?«

»So ungefähr.«

»Du bist ein Kindskopf, Max.«

»Ich weiß.«

»Das ist gut, daß du's weißt.« Lucia stand auf, hob den Tisch auf ihrer Seite einen halben Meter an und sah zu, wie Gläser, Teller und Besteck auf Max Mohns Schoß rutschten. Dann drehte sie sich um und ging.

Natürlich war kein Wort wahr. Max war nicht fremdgegangen. Er kannte keine Anlageberaterinnen, und schon gar keine namens Suleika Lopez. Die einzigen Frauen nebst Lucia, mit denen er außerhalb der Arbeitszeit überhaupt ins Gespräch kam, hießen Nina, Esther und Patrizia; die eine war seine Mutter, die zweite die Wirtin seiner Stammkneipe, die dritte die Lehrerin seines Sohnes. Max zog seine weingetränkte Hose aus, kehrte die Scherben auf dem Küchenboden zusammen und wischte die Speisereste auf. Als er damit fertig war, schlug er achtmal mit der Faust gegen die Kühlschranktür, daß es ihn schmerzte, und dann noch dreimal mit der flachen Hand gegen die Stirn. Dann nahm er die letzte Flasche Champagner aus dem Kühlschrank, ging ins Wohnzimmer, trank und sah fern, bis er einschlief.

*

Als er am Abend des übernächsten Tages von der Arbeit nach Hause kam, lag im Briefkasten zwischen Gratiszeitungen und bunten Prospekten eine Ansichtskarte. Verschneite Engadiner Berglandschaft, eine Seilbahn, lachende Menschen in angejahrten Skianzügen. Auf der Rückseite stand: »Lieber Max, Suleika und ich verbringen hier traumhafte Tage. Schade, daß Du nicht dabei bist. Kuß, Lucia.« Max runzelte die Stirn. Er wählte Lucias Telefonnummer. Dort antwortete niemand. Im Krankenhaus sagte man ihm, Frau Barbieri habe eine Woche Urlaub genommen.

*

Vierundzwanzig Stunden später stand Max wiederum vor seinem Briefkasten, und wieder war Post drin. Diesmal war es ein Briefumschlag. Weiß im Format C5, Pro-Juventute-Briefmarke, abgestempelt in Pontresina. Max steckte ihn in die Manteltasche, lief die zwei Stockwerke hoch zu seiner Wohnung und schloß die Tür auf. Im Flur stolperte er über das Feuerwehrauto, das eine Geisterhand vom Kinderzimmer in den Flur hinausgerollt hatte. Im Wohnzimmer setzte er sich aufs Sofa und riß den Umschlag auf. Er enthielt ein rosa Seidenband. Am einen Ende des Bands war eine dünne Locke blonden Haars befestigt, am anderen ein Büschel schwarzes, dichtes Haar wie Katzenfell. Max fühlte, wie sich seine Nackenhaare sträubten. Er schaltete den Computer ein und suchte in sämtlichen Telefonverzeichnissen West- und Mitteleuropas nach einer Abonnentin namens Suleika

Lopez. Vergeblich. Er rief bei den Kreditkartenfirmen an, gab sich als Juan Lopez aus und wünschte die Kreditlimite seiner Frau Suleika zu erhöhen; aber weder Visa noch American Express, Master oder Diners fanden eine Kundin dieses Namens in ihren Registern.

Dann suchte Max alle Hotels in Pontresina heraus und rief sie nacheinander an. Es gab neunundzwanzig davon. Lucia war im achtzehnten abgestiegen, im Hotel Vereina. Die Rezeptionistin wollte seinen Anruf nicht durchstellen. Madame habe ausdrücklich um Ruhe gebeten. Jawohl, für die ganze Dauer ihres Aufenthalts und unter allen Umständen. Als Max wissen wollte, ob Madame vielleicht in Begleitung einer blonden jungen Frau reise, räusperte sich die Rezeptionistin indigniert. Über Privatangelegenheiten der Gäste gebe das Haus grundsätzlich keine Auskunft, und schon gar nicht telefonisch. Auf Wiedersehen, danke für den Anruf.

*

Am vierten Abend nach Max Mohns falschem Geständnis lag ein Päckchen im Briefkasten. Ein Würfel von etwa zehn Zentimetern Kantenlänge, und federleicht. Die Adresse auf dem Etikett trug zweifelsfrei Lucias Handschrift. Max nahm das Päckchen mit hoch in die Wohnung. Im Flur stolperte er über einen braunweißen Teddybären, der am Abend zuvor mit Sicherheit noch nicht dagelegen hatte. Max setzte sich aufs Sofa und öffnete das Päckchen. Es war gefüllt mit Watte, und auf dem Boden lagen zwei menschliche Zehen. Kleine Zehen, verschrumpelt, schwarz, an den Schnittstellen knochenweiß und ein bißchen feucht, und ohne jeden Zweifel echt. Ob sie männlich oder weiblich, jung oder alt waren, ließ sich nicht sagen. Max lief zur Toilette und erbrach sich. Als er wieder einigermaßen bei Kräften war, nahm er die Schachtel zur Hand und betrachtete die Zehen. Sie waren ungefähr gleich groß; beide waren nach rechts gekrümmt, und beide hatten sie Hornhaut auf der linken Seite. Max ließ die Schachtel aufs Salontischchen sinken. Der Befund war eindeutig: Es waren zwei kleine Zehen von zwei linken Füßen.

*

Max dachte nach. Kleine Zehen waren wie Zipfel einer Salami; wer die abschnitt, hatte schon den nächsten und den übernächsten Schnitt in Planung. Kleine Zehen waren nichts als Anfänge, und auf Anfänge folgten in der Regel Fortsetzungen – wenn niemand einschritt. Max sprang vom Sofa hoch, stellte das Päckchen in den Kühlschrank, stopfte ein paar Sachen in seine Reisetasche und lief zum Bahnhof, so schnell er konnte. Dort stieg er in den ersten Zug, der in die Berge fuhr.

Die Reise nach Pontresina dauerte vier Stunden und zwölf Minuten; in derselben Zeit hätte er an weit ungefährlichere Orte wie Paris, Mailand oder Frankfurt fahren können. Um sich abzulenken, blätterte er die »Neue Zürcher Zeitung«, die er im Gepäcknetz gefunden hatte, siebenmal von vorne bis hinten durch. Als er nach zwei Stunden in Chur in die Rhätische Bahn umstieg, ließ er die Zeitung liegen, stieß dafür aber im Raucherabteil auf drei betrunkene Soldaten und ließ sich von ihnen zum Kartenspiel einladen. Als die Soldaten nach nur einer Partie ihre Kampfstiefel auszogen und einschliefen, zog Max ins Nichtraucherabteil um und nahm bei einem älteren Herrn und Bahnliebhaber Platz, der seit seiner Pensionierung ohne Sinn und Verstand mit der Eisenbahn durchs Land fuhr. Der Pensionär und Max lobten übereinstimmend den visionären Geist der Gründerzeit, der den Bau der Rhätischen Bahn mit ihren zahlreichen Meisterleistungen der Ingenieurskunst erst möglich gemacht hatte. Sie unterhielten sich über Schluchten, Tunnels und Lawinenverbauungen, über Winkelschienen, Pilzschienen, Doppelkopf- und Breitfußschienen, über Treibachsen und Kurvenläufigkeiten, über Steh- und Langkessel, Führerbremsventile, Zugseile und Zahnradstangen, Kreuzköpfe, Treibräder, Gegenkurbeln, Kolbenschieber, Steuerstangen, Schieberstangen, Schieberzugstangen, Schieberkolben, Voreilheber und Dampfzuführungsschlitze – und dann kam der Zug kurz vor Mitternacht zum Stillstand. Endstation.

*

In Pontresina schneite es wie im Märchen. Der Schneepflug fuhr orange blinkend die Straße hoch, die in zwei oder drei Kehren vom Bahnhof ins Dorf hinaufführte. Links und rechts stand weiß gepudert der Lärchenwald, und unter der Brücke murmelte halb zugefroren ein Bergbach. Max Mohn schlug den Mantelkragen hoch und lief in seinen dünnen Lederhalbschuhen hinaus in den Schnee. Weißer Dampf wehte aus seinem Mund, und der Schnee drang ihm in die Schuhe. Er war allein auf der Straße. Nach zwanzig Minuten hatte er das Hotel Vereina gefunden. Es sah aus wie ein großes Chalet und lag erhöht am Hang über dem Dorf am Rand einer großen, weißen Fläche, die wohl der Auslauf einer Skipiste war. Die Fenster waren gelb erleuchtet, über der Eingangstür hing eine Schweizerfahne, und auf der Sonnenterrasse stand Lucia und sah hinaus ins Schneetreiben. Max blieb stehen. Sie trug einen dicken, weißen Norwegerpulli, einen roten Schal und einen langen Rock aus schwarzer Wolle. Mit den Armen stützte sie sich auf zwei Krücken ab, und das eine Bein hatte sie leicht angewinkelt. Das rechte Bein. Sie schien unbewaffnet zu sein; offenbar hatte sie Max noch nicht gesehen. Er fühlte ein Zerren in der Brust, und Scham. Er schämte sich, daß er im tiefen Schnee hätte versinken mögen.

»Lucia!«
»Hallo, Max. Bist du allein?«
»Ja.«
»Ich auch. Komm hoch.«
Max kletterte auf allen vieren die vereiste Treppe zur Sonnenterrasse hoch. Lucia kam ihm mit klickenden Krücken entgegen. Sie versuchten eine ungeschickte Umarmung, bei der ihnen die Krücken in die Quere kamen, dann traten sie beide einen Schritt zurück und schauten einander an.
»Hattest du eine gute Reise?«
»Ja, ja. Dein Fuß...«

»Tut verdammt weh. Ich bin eine dumme Gans.«

»Lucia, hör mir zu. Was ich dir gesagt habe, stimmt gar nicht. Ich ...«

»Ich hätte niemals die schwarze Piste hinunterfahren dürfen. Du hättest sehen sollen, wie ich gestürzt bin. Wie Roland Colombin 1976 in Val d'Isère. Ich habe gedacht, ich sei tot.«

»Hör mir zu. Suleika Lopez ist gar nicht Anlageberaterin. Ich habe sie ...«

»Dann habe ich ihr auch den Zeh nicht abgeschnitten. Der Arzt sagt, mit Skilaufen ist's für dieses Jahr vorbei. Kommst du mit rein? Ich habe ein Doppelzimmer.«

Max und Lucia gingen ins Haus, die knarrende Treppe hoch und hinein ins Zimmer, und dort liebten sie sich heiß zwischen mächtigen Daunendecken – so leise wie möglich, wegen der Nachbarn jenseits der dünnen Holzwände, und mit einigen Komplikationen, wegen Lucias Fuß.

*

Vor Tagesanbruch erwachten sie beide, weil der Mond ins Zimmer schien.

»Wo hast du die blonden Haare hergenommen?«

»Beim Friseur vom Boden aufgehoben«, sagte Lucia, die schon wieder einschlief.

»Und die Zehen?«

»Hmm.«

»Von zwei Toten?«

»Hm?«

»Von zwei Leichen?«
»Hm.«
»Doch nicht etwa von ... lebenden Patienten?«
Lucia lachte schläfrig.
»Raucherbeine vielleicht?«
Lucia gab keine Antwort mehr, und so schlief auch Max wieder ein. Kurz vor Mittag frühstückten sie auf der Sonnenterrasse unter stahlblauem Himmel.

14.

Vecchia Italia

Jeden Abend um punkt halb sieben Uhr atmen sämtliche Ladenbesitzer im Städtchen tief durch, nehmen simultan den Schlüsselbund aus der Kasse, gehen zur Ladentür und schließen ab. So will es das Gesetz. Dann wird überall Geld gezählt und in metallene Kassetten umgeschichtet, dann gehen die Hintertüren auf, und die Ladenbesitzer laufen auf streng geheimen Schleichwegen zur Bank, wo sie ihre Tageseinnahmen in einen tiefen Schacht werfen. Auch bei der Konditorei Türler geht die Hintertür auf, und heraus tritt Johnny Türler, wie schon viele Hundert Male seit seiner zwangsweisen Heimkehr aus Südamerika. Er drückt sich aber nicht an den Hauswänden entlang, sondern schlendert gemächlich mitten durch die menschenleere Fußgängerzone. Die Geldkassette trägt er weithin sichtbar in seiner tätowierten Hand, wo sie sich winzig ausnimmt wie eine Streichholzschachtel. Johnny hat keine Angst. Als alter Matrose sieht er Gefahren nur dort, wo welche sind. Und Tatsache ist, daß im Städtchen seit Menschengedenken kein Ladenbesitzer überfallen wurde.

Spätestens eine halbe Stunde nach Ladenschluß ist die letzte Geldkassette im Bauch der Bank verschwunden. Erleichtert laufen die Ladenbesitzer heim zu ihren Frauen, ihren Küchentischen und ihren Schnapsflaschen hinter den Topfpflanzen. Sie sind alle in Eile. In einer Stunde beginnt im Zunfthaus zum Löwen die ordentliche Generalversammlung der hiesigen Handels- und Gewerbekammer. Zuvor aber müssen noch vertrauliche Telefongespräche geführt werden. Denn heute abend geht es um den Bau eines neuen Parkhauses, das dem darbenden Gewerbe mehr Kundschaft bringen soll. Die Interessen der Konditorei Türler&Cie. wird erstmals Johnny Türler wahrnehmen; er vertritt seinen Vater, der seit zwei Tagen angeblich mit Nierensteinen im Bett liegt. Johnny ahnt eine Intrige; schon lange bedrängt ihn der Vater, mehr Verantwortung zu übernehmen im Familienunternehmen. Nierensteine – schwer nachzuweisen. Johnny würde sich nicht wundern, wenn der Vater gleich nach der Versammlung wieder munter wäre.

*

Was tut Johnny Türler in der knappen Stunde, die ihm noch bleibt? Er läuft über die Holzbrücke, folgt ein paar hundert Meter dem Fluß und stößt die Tür auf zu seiner Lieblingskneipe. Das Bahnhofrestaurant wurde zu einer Zeit gebaut, da die Intercity-Züge noch hielten im Städtchen; viel zu groß, himmelhoch und menschenleer erstreckt sich der Saal von der Garderobe am Eingang bis zum Tresen, und der Linoleumboden ist spröde geworden und hat die Farbe von faulem Blumenkohl. Dies ist unbestreitbar der ungastlichste Ort im ganzen Städtchen, aber Johnny Türler fühlt sich hier wohl; dessen Geruch erinnert ihn an Warteräume in tropischen Zollfreilagern und Quarantänestationen, und das Licht ist dasselbe wie in Schiffskantinen und Polizeirevieren. Hinzu kommt, daß die Erschütterungen der vorbeifahrenden Züge im Bierglas kleine, konzentrische Wellenkreise hervorrufen, und das ist Johnny aus irgendeinem Grund ein Trost. Hier wird er seine Kräfte sammeln, denn es steht ihm ein schwerer Abend bevor: Der Präsident der Handels- und Gewerbekammer wird ihn offiziell als ›Johannes Türler junior‹ vorstellen, dicke Männer werden ihm gönnerhaft auf die Schulter klopfen, und stark geschminkte Frauen werden ihm mitteilen, daß sie mit ihm verwandt seien – »wenn auch nur ganz, ganz weit außen«.

*

Hinter dem Tresen des Bahnhofrestaurants steht tief über eine Zeitung gebeugt René, der mottenzerfressene Kellner. Er harrt hier aus seit Menschengedenken, fast so lang schon wie die Stühle und der Linoleumboden, und im Verlauf der Jahrzehnte hat seine Haut die Farbe des Neonlichts angenommen. Früher gab es hier auch noch einen Wirt und eine Wirtin, einen Koch, zwei Serviertöchter und die Putzfrau. Aber als die Intercity-Züge anfingen, mit hundertfünfzig Stundenkilometern durch den Bahnhof hindurchzupreschen, sind sie alle nacheinander fortgezogen. Als schließlich auch der Wirt das Feld räumte, drückte er René die Schlüssel in die Hand, und seither schließt er morgens um halb neun auf und um Mitternacht wieder zu, und in den dazwischenliegenden

Stunden ist er Wirt, Koch, Kellner und Putzmann in einem. Manchmal vergehen ganze Tage, ohne daß sich ein Kunde ins Bahnhofrestaurant verirrt. Wenn abends Johnny Türler auftaucht, hat René stets eine Zeitung vor sich ausgebreitet, und mit einem Bleistift schreibt er Zahlen in ein kariertes Schulheft.

*

Johnny setzt sich an einen Tisch und macht mit dem Stuhl mehr Lärm als nötig; aber René ist schwer mit seiner Zeitung beschäftigt und scheint ihn nicht zu bemerken.

»Grüß dich, René.«

»Hallo, Johnny. Früh dran heute.«

»Ich muß auch gleich wieder weg, geschäftlich.«

»Geschäftlich, um diese Zeit – du?«

»Nur dieses eine Mal, dem Vater zuliebe. Bringst du mir schnell ein Bier?«

»Gleich. Ich erledige noch diese Zeitung hier.«

Johnny Türler nickt und lächelt, streckt seine baumstammlangen Beine aus und steckt sich eine Zigarette an. Er weiß, daß es eine Weile dauern kann, bis er sein Bier bekommt. Denn René ist ein bißchen merkwürdig geworden in letzter Zeit. Vor zwei oder drei Jahrzehnten noch war er ein ganz gewöhnlicher Kellner: jung und ungeduldig und jeden Tag aufs neue überzeugt, daß nächstens etwas Unerhörtes geschehen werde, irgend etwas jetzt gleich, sofort, und zwar hier im Bahnhofrestaurant. Warum sollte nicht im nächsten Moment die Tür aufgehen und zum Beispiel Neil Armstrong eintreten? Wieso nicht, bitte schön? Oder Brigitte Bardot oder Sophia Loren, Jim Clark oder Cassius Clay, oder auch nur Bill Ramsey? Diese Leute reisten ständig in der Welt umher; wieso sollten sie alle ausgerechnet hier nicht vorbeikommen? Und wenn sie schon mal hier waren: Wieso sollte René dann nicht mit ihnen ins Gespräch kommen und Freundschaft schließen und mit ihnen wegfahren auf Nimmerwiedersehen?

Natürlich geschah nichts dergleichen. Renés Ungeduld verwandelte sich mit den Jahren in Verdrossenheit, aber für alle Fälle behielt er die Tür im Auge. Und um sich über die langen Stunden hinwegzuhelfen, las er Zeitung, und zwar nicht nur das Lokalblatt, sondern auch die vier, fünf überregionalen Titel, die noch der alte Wirt für die Intercity-Kundschaft abonniert hatte. René wurde zu einem behenden Zeitungsleser, mühelos hielt er die dicksten Bünde mit der linken Hand zusammen und schlug mit der rechten die Seiten um, daß es tönte wie Peitschenknallen. Bald war er ein Kenner in Politik, Wirtschaft, Kultur und Sport. Jeden Morgen verschlang er fünf, sechs Zeitungen hintereinander in rasender Geschwindigkeit, ordnete die Neuigkeiten in sein Gedächtnis ein und machte sich dann an die Arbeit, ohne einen weiteren Gedanken an das Gelesene zu verschwenden. So vergingen die Jahre – bis zum Morgen des 7. Juli 1971. Es war einer jener gewöhnlichen, langweiligen Sommertage, an denen die Politiker in den Ferien sind, die Fußballer ihre Knie operieren lassen und die Zeitungsschreiber Fingernägel kauen. An jenem Morgen las René eine Notiz auf der Seite »Vermischtes«: Im Hindukusch war ein Schulbus mit fünfunddreißig Kindern in eine Schlucht gestürzt. Es war eine alltägliche kleine Meldung, wie sie René schon zu Hunderten gelesen hatte; aber an jenem Morgen schien es ihm, daß er zum ersten Mal wirklich las, was da geschrieben stand. René erbleichte, tastete auf dem Tresen nach einem Bleistift und schrieb auf einen Kassenzettel: 7. Juli 1971, 35 Schulkinder tot. Dann las er die Zeitung noch einmal von der ersten bis zur letzten Seite durch, und dann fügte er hinzu: Zwölf Tote bei Gasexplosion. Massengräber in Vietnam entdeckt. Motorradfahrer tödlich verunglückt. Ehefrau von Gatte erwürgt. Total 239 Tote.

Seit jenem Tag führt René unermüdlich Buch über alle Schrecklichkeiten der Menschheit. Tag für Tag pflügt er die Zeitungen durch auf der Suche nach Unfällen, Verbrechen und Katastrophen, voller Entsetzen watet er in einem Strom von Blut und Tränen und notiert alles in karierte Schulhefte und kann nicht verstehen, weshalb nicht jeder Mensch sein Gärtchen pflegen und zur rechten Zeit in Frieden sterben kann. Und wenn es schon nicht so sein darf: Ist es da nicht das Mindeste an Respekt vor der geschundenen Kreatur, daß es irgendwo im Universum ein Archiv des menschlichen Leidens gibt? Und wer wird sich darum kümmern, wenn René es nicht tut?

*

Endlich faltet er die Zeitung zusammen und legt sie auf einen Stapel, Heft und Bleistift verschwinden in einer Schublade. Er zapft ein Bier und bringt es Johnny Türler, sagt »Zum Wohl« und zieht sich wieder hinter den Tresen zurück. Johnny nimmt einen Schluck, dann starrt er hinunter auf den Bierschaum und versucht darin seine allernächste Zukunft zu lesen.

In einer halben Stunde wird er den Großen Saal des Zunfthauses zum Löwen betreten, nicht zu spät und nicht zu früh, wie der Vater es ihm eingeschärft hat. Er wird bescheiden, aber zielstrebig auf den Präsidenten zugehen und ihm die Hand schütteln, und dann wird der Präsident mit ihm um den langen Konferenztisch herumgehen und ihm jeden einzelnen Repräsentanten des hiesigen Bürgertums vorstellen. Die Herren werden ihn vertraulich anschmunzeln, und jeder zweite wird einen Scherz machen über den verlorenen Sohn, der eben doch nicht weit vom Stamm fällt. Die Damen werden einander über den Tisch hinweg unter Einsatz von Mundwinkeln und Augenbrauen kleine Signale zusenden – »Wie findest du ihn? Habe ich zuviel versprochen? Wenn nur diese Tätowierungen nicht wären!« Und mindestens eine von ihnen wird Johnnys Hand unanständig lange drücken und sagen: »Ich habe Ihren Vater früher einmal sehr gut gekannt, wissen Sie?«

Endlich wird der Präsident ihm einen Stuhl zuweisen, und Johnny wird mit einem Schaudern das Messingschild an der Lehne zur Kenntnis nehmen, auf dem in Frakturschrift »Türler« eingraviert ist. Dann wird es ein großes Stühlerücken geben, und Johnny wird sich hinsetzen, wo schon sein Großvater und sein Urgroßvater saßen. Er wird einen Blick in die Runde werfen. Irritiert wird er feststellen, daß er im Zentrum des Interesses steht und daß all diese Gesichter ihm ein gänzlich übertriebenes Wohlwollen signalisieren. Intrige, Intrige! wird ihm warnend eine innere Stimme zurufen. An die Echtheit der väterlichen Nierensteine wird er von da an endgültig nicht mehr glauben.

Dann wird die Versammlung offiziell beginnen. Der Präsident wird einige einführende Worte sprechen und die Liste der zu behandelnden Geschäfte absegnen lassen, ebenso die Wahl der Stimmenzähler und das Protokoll der letzten Versammlung. Johnny schaut auf die Uhr. Zwanzig vor acht. Für ein Bier auf die Schnelle reicht's noch.

»René! Bringst du mir noch eins?«

»Gleich.« René hat die nächste Zeitung aufgeschlagen. Mit gefurchter Stirn geht er Seite um Seite durch.

»Ach, und René! Ist die Küche noch warm?«

»Keine Zeit. Habe morgen eine Hochzeitsgesellschaft. Muß noch alles vorbereiten.«

»Wer heiratet?«

»Mohn ... Max Mohn.«

»Ach ja? Wen denn?«

»Na, die Ärztin, wie heißt sie noch mal. Die mit den Zehen.«

»Die Kleine mit den großen Augen? Die Haare hat wie Katzenfell?«

»Genau.«

»Und du hast wirklich nichts zu essen da, nicht mal

eine Pizza? Eins von diesen abscheulichen Tiefkühldingern, die du im Mikrowellenherd heiß machst?«
»Meinetwegen.«
»Machst du mir eine Dingsda, die mit Gemüse, du weißt schon?«
»Eine Vegetariana.«
»Genau.«

*

Mitten auf dem Konferenztisch wird ein Modell des Parkhauses stehen, ein schlichter Quader aus Karton, und zwar im Maßstab eins zu fünfzig. Nacheinander werden der Architekt, der Finanzverwalter, die Lokalpolitiker und die Ladenbesitzer sich von ihren Stühlen erheben und lange reden. Dabei werden sie mit ihren Kugelschreibern auf diese und jene Stelle des Modells deuten und Begriffe verwenden wie »Standortvorteil«, »Zentrumsfunktion« und »Investition in die Zukunft«. Und irgendwann wird unvermeidlich der Augenblick kommen, da Johnny aufstehen und die Haltung der Firma Türler darlegen muß.

Zur Eröffnung seiner Ansprache – er hat es dem Vater versprochen – wird er dem Architekten und der vorbereitenden Kommission seinen Dank aussprechen für die bisher geleistete, insgesamt hervorragende Arbeit. Dann wird er eine kurze Pause einlegen und seinen Notizblock parallel zur Tischkante ausrichten. Der Architekt und die Kommissionsmitglieder werden seine Dankesworte bescheiden mit niedergeschlagenen Lidern quittieren, der Präsident wird ihm aufmunternd zulächeln, und die Damen werden einander lautlos zumorsen: »Na also, wer sagt's denn! Den Jungen kann man doch gebrauchen!«

Johnny seinerseits wird sich freuen über den mühelos gelungenen Einstieg. Er wird seinen Kugelschreiber in die rechte Hand nehmen, damit gegen die Fingernägel der linken Hand trommeln und mit gesteigerter Lust an der Rede fortfahren.

»Allerdings halten wir es für angezeigt, daß im Sinne einer gerechten Verteilung von Nutzen und Kosten gewisse Korrekturen angebracht werden.«

Dann wird er den Kugelschreiber zwischen Daumen und Zeigefinger nehmen, auf das Kartonmodell deuten und mit zwingender Logik den einzigen Mangel des Projekts darlegen: Es fehlt ein Fußgängerausgang an der südöstlichen Flanke des Parkhauses – ausgerechnet an jener Ecke also, die direkt gegenüber der Konditorei Türler liegt. Die Architekten und die Kommissionsmitglieder werden nachdenklich die Köpfe zur Seite neigen und anerkennend nicken, und darauf wird Johnny, beflügelt von seinem Erfolg, der Hoffnung Ausdruck geben, daß sein Änderungsantrag ohne nennenswerte Mehrkosten zu realisieren sei. Zustimmende Zwischenrufe werden anheben, besonders seitens jener Geschäftsleute, deren Läden ebenfalls südöstlich des Parkhauses liegen. Nach kurzer Rücksprache mit dem Architekten wird der südöstliche Fußgängerausgang einstimmig beschlossen werden.

Johnny wird begeistert sein: Nie hätte er geglaubt,

daß sich unter Handelsleuten und Gewerblern derart vernünftig diskutieren läßt. Er liebt die Welt, und die Welt liebt ihn. Johnny wird die Gunst der Stunde nutzen.

»Ich bitte Sie!« wird er in die Runde rufen und seine tätowierten Handflächen nach außen wenden wie ein Priester. »Gestatten Sie mir noch ein paar allgemeine Bemerkungen. Betrachten wir unser Parkhaus noch einmal als Ganzes. Es ist ein praktischer Bau, gewiß, und zweifellos wird es den Dienst bestens erfüllen, den wir ihm zugedacht haben.«

Zustimmendes Gemurmel.

»Aber ich frage Sie: Reicht das? Meine Damen und Herren, sagen wir es ohne falsche Bescheidenheit: In diesem Saal sind die besten Kräfte unseres Städtchens versammelt. Sollte es da nicht möglich sein, daß wir uns größere und schönere Ziele setzen? Wollen wir uns zufriedengeben mit dem Bau einer – na ja – Kartonschachtel?«

Stille und Stirnrunzeln. Die Herren werden sich zurücklehnen und dicke Hälse machen, die Damen die Fingerkuppen aufeinanderlegen und die Lippen schürzen. Aber Johnny Türler in seiner Begeisterung wird die Signale übersehen. Er wird sich nicht etwa bescheiden hinsetzen, wie es von ihm jetzt dringend erwartet würde, sondern stehen bleiben und sogar das Modell zu sich heranziehen.

»Schauen Sie, der Karton ist vergilbt, und der Leim ist brüchig geworden und bröselt aus allen Kanten hervor. Wer weiß, auf wie vielen Tischen dieses Modell schon gestanden hat, vor wie vielen Kommissionen? Herr Architekt, ich bitte Sie: Wie viele der umliegenden Städte haben exakt dieses Parkhaus gebaut über die Jahrzehnte, und zwar getreu nach Ihren – verzeihen Sie – immergleichen Plänen?«

Unwilliges Gemurmel. Der Präsident wird sich räuspern, ratsuchende Blicke werden hin und her über den Tisch fliegen.

»Ich bitte, mich nicht mißzuverstehen!« wird Johnny fortfahren. »Es liegt mir fern, die Leistung des Herrn Architekten herabzuwürdigen oder ihm gar das Recht auf sein Honorar abzusprechen. Ich frage nur: Weshalb überlegen wir nicht alle gemeinsam, was unser Städtchen sich wirklich wünscht? Nichts gegen dieses Parkhaus hier – aber warum denken wir nicht auch an lichtdurchflutete Alleen vor der Altstadt, an Hängende Gärten und kleine Inseln unten am Fluß, an Fontänen auf den Verkehrsinseln?«

Spätestens jetzt wird der Präsident aufstehen und mit dem Kugelschreiber heftig gegen sein Wasserglas schlagen. »Hmhm, nun ja! Ich stelle fest, daß wir uns weit von der Materie entfernt haben. Angesichts der vorgerückten Stunde ...«

Aber Johnny Türler wird nicht mehr zu bremsen sein. »Ich weiß, was Sie mir entgegnen werden, meine Damen und Herren – die Machbarkeit, die Finanzen, die konjunkturelle Großwetterlage. Aber Hand aufs Herz: Müßte es nicht möglich sein, daß wir nur einmal in hundert Jahren an etwas anderes denken als an Zufahrtstraßen, Parkhäuser, Kundenfrequenzen und Umsatzzahlen? Könnten wir nicht einmal der Frage nachgehen, wieso es in unserer Stadt dreimal so viele Bordelle gibt wie Kindergärten? Weshalb alle jungen Künstler uns davonlaufen, falls sie noch halbwegs bei Trost sind, und wieso die Studenten nach dem Abschluß nicht mehr zu uns zurückkehren? Wieso alle unsere Stadtpräsidenten immer ein Doppelkinn haben, seit Anbeginn der Zeit, und wieso keiner der hier Anwesenden jemals auch nur einen Rubel Steuern bezahlt? Weshalb unsere Herren Stadträte unbedingt Tag für Tag nachmittags um drei Uhr durch den Hinterausgang aus dem Stadthaus schleichen müssen, um im ›Astoria‹ Bier zu saufen mit den hiesigen Baulöwen und Winkeladvokaten? Ich frage Sie: Weshalb ist in unserer Stadt seit mindestens fünfzig Jahren kein einziges architektonisch halbwegs anständiges Gebäude errichtet worden, und wieso ...«

»Genug, genug, genug!« Noch heftiger als zuvor wird der Präsident der Handels- und Gewerbekammer gegen sein Wasserglas schlagen. »Es ist spät geworden, wir haben uns da ein bißchen verrannt. Ich schlage vor, daß wir das Geschäft bis zur nächsten Sitzung vertagen. Bis dahin wird ja Johannes Türler senior – hmhm, nun ja! – hoffentlich wieder genesen sein, nicht wahr.«

Johnny Türler wird verstummen. Beschämt wird er sich hinsetzen, wie glühende Pfeile wird er die Blicke empfinden, und schweigend wird er das Ende der Versammlung abwarten. Dann wird ein allgemeines Stühlerücken anheben, der Raum wird sich füllen mit schwitzenden Leibern, Aktentaschen, Mänteln und Hüten, und Johnny wird das emsige Durcheinander nutzen, um sich grußlos zu verdrücken. Mit Riesenschritten wird er zurückkehren ins Bahnhofrestaurant, und dort wird er sich langsam, aber gründlich betrinken.

*

»René! Noch ein Bier!«

Um zehn vor acht geht die Tür auf im Bahnhofrestaurant, und herein kommt der klumpfüßige Schärer Franz, altgedienter Korrektor am hiesigen Lokalblatt. Es gab eine Zeit, da war er jung und mit jedem im Städtchen auf du und du; jetzt aber ist er alt und kennt niemanden mehr, und um das vor sich selbst zu verbergen, duzt er alle und nennt jeden »Kamerad«. Mit der entsetzlichen Würde eines Betrunkenen, der seinen Rausch zu verbergen sucht, baut er sich an Johnny Türlers Tisch auf und greift nach einem Stuhl.

»Ist es gestattet?«

»Aber bitte.«

René bringt die Pizza aus der Küche und stellt sie vor Johnny hin. Der beginnt zu essen.

»Mahlzeit, Kamerad!« sagt der Schärer Franz und starrt begierig auf die Pizza, die bei Lichte betrachtet nichts weiter ist als ein bleicher, trockener Teigfladen mit Tomatengrütze, totem Käse und aufgetautem Industriegemüse.

»Du, Kamerad – gibst du mir ein Stück?«

Johnny Türler schneidet ein dreieckiges Stück ab und reicht es dem Schärer Franz. Der dankt und beißt hinein, und dann rollt er anerkennend die Augen.

»Schmeckt gut, Kamerad! Wie heißt die?«

»Pizza Vegetariana.«

»Pizza Vecchia Italia?«

»Vegetariana.«

»Vecchia Italia? Wieso Vecchia Italia?«

»Vegetariana, Herrgott noch mal. Ve-ge-ta-ria-na.«

»Das verstehe ich nicht, Kamerad. Vecchia Italia? Altes Italien? Das ist doch kein Name für eine Pizza.«

»Vegetariana, Franz. Vegetarisch, kapiert? Kein Fleisch, nur Gemüse.«

Der Schärer Franz wiegt zweifelnd den Kopf. »Es geht mich ja nichts an, Kamerad, aber dieser Name! Der zweite Teil paßt vielleicht noch halbwegs – Italia, meine ich. Schließlich wurde die Pizza in Italien erfunden und ist dort sozusagen Nationalspeise. Aber was den ersten Teil betrifft, dieses Vecchia – also wirklich, Kamerad! Eine alte Pizza! Glaubst du, daß irgend jemand Lust haben könnte auf eine alte Pizza?«

Johnny lacht hilflos und fuchtelt mit Messer und Gabel vor dem eigenen Gesicht herum.

»Du bist ein Nashorn, Franz! Die Pizza heißt Vegetariana, weil ...« Aber der Schärer Franz hat trotzig die Unterlippe vorgeschoben und will nichts mehr hören.

»René!« ruft Johnny Türler. »Hilf mir! Erklär's ihm!«

Der Kellner bleibt ungerührt hinter dem Tresen stehen. »Vegetariana, Franz, nicht Vecchia Italia«, sagt er in seinem gewohnt leisen, verdrossenen Tonfall. »Es ist eine vegetarische Pizza.«

»Ach so, Vegetariana – Danke, Kamerad!« Der Schärer

Franz schnippt mit den Fingern wie einer, der gerade etwas Unerhörtes herausgefunden hat, und dann wirft er Johnny kopfschüttelnd einen vorwurfsvollen Blick zu.

*

Im Bahnhofrestaurant wird es immer so weitergehen, Stunde um Stunde, heute genauso wie gestern und morgen und übermorgen. Und irgendwann nach Mitternacht werden sie alle allein in ihren Betten liegen, René, Johnny und Franz, und sie werden sich wälzen, bis der Schlaf sie in eine andere Welt davonträgt.

Ach nein! Für Johnny Türler hält das Leben noch eine Überraschung bereit heute nacht. Er wird aus dem Bahnhofrestaurant wanken nach der Sperrstunde und die Gleise entlang heimwärts ziehen; und weil er aus naheliegenden Gründen heute noch etwas bezechter sein wird als gewöhnlich, wird er sich für einen Moment zur Ruhe legen in dem Güterwaggon, der da zufällig steht mit weit offener Schiebetür. Dann wird der Güterzug anfahren, das Rattern und Rumpeln wird Johnny tief und immer tiefer davontragen ins Reich der Träume, und er wird erst nach sechzehn Stunden wieder aufwachen, als der Zug tausend Kilometer weiter südlich zum Stillstand kommt, zwischen Avignon und Marseille, auf einem nach Thymian duftenden Feld. Johnny wird hinausblinzeln ins flimmernde Licht des Südens und verwundert einer Eidechse nachschauen, die sich unter der rostigen Schiene eines Nebengleises in Sicherheit bringt. Dann wird er ächzend hinuntersteigen auf den sonnengewärmten Schotter, und mit der Demut des Trinkers wird er den hämmernden Schmerz in den Schläfen ertragen, das Brennen im Magen und den Holzpflock im Hals; ratlos wird Johnny seinen borstigen Schädel kratzen – und da er all sein Geld versoffen hat und keinerlei Ausweis auf sich trägt, wird es eine ganze Weile dauern, bis er wieder zu Hause ist.

Ende

Inhalt

1. Ein Finne auf Hawaii 9
2. Ein rückwärts abgespielter Lehrfilm für Golfspieler 19
3. Max Mohn erobert die Hauptstadt 41
4. Intimität 59
5. 25 nackte Mädchen 67
6. Delphine, Adler, Feuersalamander 77
7. Sie können einen doch nicht zwingen, oder? 87
8. Fünf Tage pro Woche, oder nur drei? 95
9. Max begegnet dem Teufel 103
10. Ackermännchen 113
11. Madame Alice 125
12. Kleopatra 145
13. Suleika Lopez' kleiner Zeh 155
14. Vecchia Italia 169

Peter Härtling im dtv

»Er ist präsent. Er mischt sich ein. Er meldet sich zu Wort
und hat etwas zu sagen. Er ist gefragt und wird gefragt.
Und er wird gehört. Er ist in den letzten Jahren zu einer
Instanz unserer (nicht nur: literarischen)
Öffentlichkeit geworden.«
Martin Lüdke

Nachgetragene Liebe
ISBN 3-423-11827-X

Hölderlin
Ein Roman
ISBN 3-423-11828-8

**Ein Abend, eine Nacht,
ein Morgen**
ISBN 3-423-11837-7

Der spanische Soldat
ISBN 3-423-11993-4

Herzwand
Mein Roman
ISBN 3-423-12090-8

Das Windrad
Roman
ISBN 3-423-12267-6

Božena
Eine Novelle
ISBN 3-423-12291-9

**Hubert oder Die Rückkehr
nach Casablanca**
Roman
ISBN 3-423-12439-3

Waiblingers Augen
Roman
ISBN 3-423-12440-7

Die dreifache Maria
Eine Geschichte
ISBN 3-423-12527-6

Schumanns Schatten
Roman
ISBN 3-423-12581-0

Zwettl
Nachprüfung einer
Erinnerung
ISBN 3-423-12582-9

Große, kleine Schwester
Roman
ISBN 3-423-12770-8

Eine Frau
Roman
ISBN 3-423-12921-2

Der Wanderer
dtv großdruck
ISBN 3-423-25197-2

Janek
Porträt einer Erinnerung
ISBN 3-423-61696-2

**»Wer vorausschreibt, hat
zurückgedacht«**
Essays
ISBN 3-423-61848-5

Joseph von Westphalen im dtv

»Westphalen schreckt vor nichts zurück.«
Prinz

Im diplomatischen Dienst
Roman
ISBN 3-423-**11614**-5
Frauenliebhaber Harry von Duckwitz ist unangepaßt, zynisch, unpolitisch – und Diplomat ... Ein scharfzüngiger Schelmenroman.

Das schöne Leben
Roman
ISBN 3-423-**12078**-9
Harry von Duckwitz versucht den Zusammenbruch seines Vielfrauenimperiums zu verhindern und eine neue Weltordnung zu schaffen.

Die bösen Frauen
Roman
ISBN 3-423-**12525**-X
»Harry von Duckwitz, das ist der letzte, der Einspruch sagt, bevor die Welt sich selbst ad acta legt. Harry von Duckwitz ist ein lebenslanges Plädoyer, mit drei Frauen im Arm.« (FAZ)

Das Drama des gewissen Etwas
Über den Geschmack und andere Vorschläge zur Verbesserung der Welt
ISBN 3-423-**11784**-2

High Noon
Ein Western zur Lage der Nation
ISBN 3-423-**12195**-5
»Ein Rundumschlag gegen das gesammelte Geisterbahnpersonal der Republik.« (Nürnberger Nachrichten)

Die Liebeskopie
und andere Herzensergießungen eines sehnsüchtigen Schreibwarenhändlers
ISBN 3-423-**12316**-8
Nachrichten über die Liebe und übers Internet.

Die Geschäfte der Liebe
ISBN 3-423-**12665**-5
Bissige, boshafte und brillante Geschichten.

Dreiunddreißig weiße Baumwollunterhosen
Glanz und Elend der Reizwäsche nebst sonstigen Wahrheiten zur Beförderung der Erotik
ISBN 3-423-**20546**-6

Das Leben ist hart
Über das Saufen und weitere Nachdenklichkeiten zur Erziehung der Menschheit
ISBN 3-423-**20548**-2

Maxim Biller im dtv

*»Begrüßen wir einen möglichen
Geistesenkel Tucholskys!«
Süddeutsche Zeitung*

Die Tempojahre
ISBN 3-423-**11427**-4
Eine rasante Chronik der achtziger Jahre. – »Biller liebt nicht den leichten Degen, er bevorzugt den Säbel.« (Der Standard)

Wenn ich einmal reich und tot bin
ISBN 3-423-**11624**-2
»Ich habe seit den Nachkriegsromanen von Wolfgang Koeppen, seit Bölls früher Prosa, seit einigen Essays von Hannah Arendt, Adorno, Mitscherlich und Hans Magnus Enzensberger kaum etwas gelesen, das dem Blendzahn der Zeit so wahr und diesmal so witzig an den Nerv gegangen wäre... Was für ein Buch!« (Peter von Becker, ›Süddeutsche Zeitung‹)

Land der Väter und Verräter
ISBN 3-423-**12356**-7
Poetisch und mitreißend, komisch und ernst erzählt Maxim Biller von der Zeit, in der wir leben.

Deutschbuch
ISBN 3-423-**12886**-0
Deutschland, peinlich Vaterland... Man muß Maxim Biller dankbar dafür sein, daß er diesem Land so beharrlich den Spiegel vorhält. – Reportagen und Kolumnen von den kleinen und großen Dummheiten der neunziger Jahre.

Kühltransport
Ein Drama
ISBN 3-423-**12920**-4
Seidenstraße des Todes: ein menschliches Drama vom grausamen Erstickungstod einer Gruppe illegaler Einwanderer aus China, gestorben auf dem Weg in eine »bessere Welt«.

Die Tochter
Roman
ISBN 3-423-**12933**-6
Maxim Billers erster großer Roman über Motti Wind, einen jungen Israeli, der versucht, in Deutschland heimisch zu werden. »Ein Roman wie von Dostojewski.« (Hannes Stein, ›Die Welt‹)